Coleção «Uma Aventura» – volumes publicados:

1. Uma Aventura na Cidade
2. Uma Aventura nas Férias do Natal
3. Uma Aventura na Falésia
4. Uma Aventura em Viagem
5. Uma Aventura no Bosque
6. Uma Aventura entre Douro e Minho
7. Uma Aventura Alarmante
8. Uma Aventura na Escola
9. Uma Aventura no Ribatejo
10. Uma Aventura em Evoramonte
11. Uma Aventura na Mina
12. Uma Aventura no Algarve
13. Uma Aventura no Porto
14. Uma Aventura no Estádio
15. Uma Aventura na Terra e no Mar
16. Uma Aventura debaixo da Terra
17. Uma Aventura no Supermercado
18. Uma Aventura Musical
19. Uma Aventura nas Férias da Páscoa
20. Uma Aventura no Teatro
21. Uma Aventura no Deserto
22. Uma Aventura em Lisboa
23. Uma Aventura nas Férias Grandes
24. Uma Aventura no Carnaval
25. Uma Aventura nas Ilhas de Cabo Verde
26. Uma Aventura no Palácio da Pena
27. Uma Aventura no Inverno
28. Uma Aventura em França
29. Uma Aventura Fantástica
30. Uma Aventura no Verão
31. Uma Aventura nos Açores
32. Uma Aventura na Serra da Estrela
33. Uma Aventura na Praia
34. Uma Aventura Perigosa
35. Uma Aventura em Macau
36. Uma Aventura na Biblioteca
37. Uma Aventura em Espanha
38. Uma Aventura na Casa Assombrada
39. Uma Aventura na Televisão
40. Uma Aventura no Egito
41. Uma Aventura na Quinta das Lágrimas
42. Uma Aventura na Noite das Bruxas
43. Uma Aventura no Castelo dos Ventos
44. Uma Aventura Secreta
45. Uma Aventura na Ilha Deserta
46. Uma Aventura entre as Duas Margens do Rio
47. Uma Aventura no Caminho do Javali
48. Uma Aventura no Comboio
49. Uma Aventura no Labirinto Misterioso
50. Uma Aventura no Alto Mar
51. Uma Aventura na Amazónia
52. Uma Aventura no Pulo do Lobo
53. Uma Aventura na Ilha de Timor
54. Uma Aventura no Sítio Errado
55. Uma Aventura no Castelo dos Três Tesouros
56. Uma Aventura na Casa da Lagoa

a publicar:

57. Uma Aventura na Pousada Misteriosa

Ana Maria Magalhães
Isabel Alçada

na Casa da Lagoa

Ilustrações de
Arlindo Fagundes

Título: Uma Aventura na Casa da Lagoa
Autoras: Ana Maria Magalhães e Isabel Alçada
© Editorial Caminho, SA, 2014
Ilustrações: Arlindo Fagundes

Pré-impressão: Leya
Tiragem: 22 000 exemplares
Impressão e acabamento: Multitipo
Data de impressão: fevereiro de 2014
Depósito legal n.º 371 454/14
ISBN 978-972-21-2678-6

Editorial Caminho, SA
Uma editora do grupo Leya
Rua Cidade de Córdova, 2
2610-038 Alfragide – Portugal
www.caminho.leya.com
www.leya.com

*Aos queridíssimos
Afonso, Matilde, Nônô, Martim e João.
Manel, Joaquim, João, Francisco e Miguel*

Capítulo **1**

Glória na piscina

Depois de uma manhã na piscina a ter aulas de natação, nada melhor do que um bom duche. Teresa, de olhos fechados, deixava a água escorrer pela cabeça, pelos cabelos, pelos músculos, sem pressa nenhuma de fechar a torneira.

— Despacha-te — gritou-lhe a irmã que esfregava vigorosamente o corpo com uma toalha turca bastante velha mas ainda agradável ao tato.

— Calma! Não temos de sair a correr.

— Temos, porque o pai da Glória deve estar a chegar e, se estivermos prontas, dá-nos boleia.

— Não se preocupem, que ele espera — prometeu uma vozinha rouca que soava por entre os jatos de água do duche vizinho. — O meu pai é muito simpático.

— Nós sabemos — responderam as gémeas em coro.

Risos, enxugadelas, portas a bater, escovas no ar, salpicos na cara, lá se foram vestindo as três, vendo circular no espelho as outras nadadoras que entravam e saíam do banho. Como era o último dia de treinos despediram-se das colegas, na maioria raparigas fixes que não tinham tido tempo de conhecer melhor. A única amizade que resultara daquela experiência era precisamente a Glória, por várias razões. Tinha-se tornado notada logo no primeiro dia devido ao estranho brilho dos seus enormes olhos azuis.

— Parecem ter luz por dentro — comentara o Pedro.

— Como se fossem lanternas.

— Lanternas, João? Faróis! No mínimo, faróis — dissera o Chico, ansioso por impressioná-la com um dos seus mergulhos especiais.

Afinal ficaram todos de boca aberta quando a viram atirar-se à água e nadar em grande estilo. As gémeas ainda pensaram que talvez resolvesse armar-se em boa, mas enganavam-se. Glória era divertida, comunicativa, simpatiquíssima. Meteram conversa, entenderam-se bem, e como o pai ia quase sempre buscá-la num jipe de 8 lugares e moravam para as mesmas bandas passara a dar-lhes boleia. Sendo um homem de agir por impulsos, se parava junto ao café era capaz de os convidar a todos para lanchar. Nas bombas de gasolina tão depressa comprava e distribuía jornais sem interesse nenhum como oferecia e gabava imenso gelados que ele próprio nunca provara e depois ria à gargalhada se fossem péssimos. Os rapazes deliravam com ele e as gémeas também. Quando saíram da piscina, encontraram-no na galhofa com os amigos à conta de um jogo de futebol.

Mal se aproximaram, o Nuno, era assim que o pai da Glória queria que o chamassem, abriu os braços, abanou a cabeça e olhou para a filha com uma expressão desolada.

— Azar, Glória! Nada feito!

— De que é que está a falar, pai?

— Das férias. Por muito que te custe, vais ter de passá-las sozinha comigo porque os tios e os primos afinal não podem vir.

— Porquê?

— Por causa daquelas alergias infernais que atacam sobretudo no verão. Há dois anos ficaram de cama, lembras-te? Este ano parece que não estão tão mal, mas o médico recomendou tratamento de águas nas termas.

Glória ficara visivelmente desanimada e com razão. Nas primeiras semanas de férias tinha ido com a mãe, o padrasto e o irmão para uma praia onde não conhecia ninguém. E tinha-se queixado.

— São amorosos, mas foram dias de neura. Da minha idade era só eu. A casa não tinha rede para internet, o som da televisão tinha de estar sempre muito baixinho para o bebé dormir. Houve uma invasão de algas e outra de melgas, enfim, foi a maior seca.

Contava com os primos para se divertir no período em que ficava com o pai e a notícia deixara-a infelicíssima. O pai trocou um olhar de compreensão com os rapazes, depois tentou animá-la.

— Já viram a cara dela? Parece que eu sou chatíssimo. Acham-me chatíssimo?

— Ó pai, não é nada disso!

— Eu sei. Mas como não há nada a fazer, paciência. Vamos para a Casa da Lagoa e havemos de nos divertir imenso a remar, a escalar, a andar de bicicleta, a fazer piqueniques estrambólicos em sítios exóticos.

Virando-se para o grupo, perguntou:

— Não acham um programa ótimo?

Glória não os deixou responder.

— Essas propostas são giras mas parece-lhe que resultam só com nós os dois? No segundo dia eu estou farta e o pai também.

— Hum... se calhar tens razão.

Durante uns segundos ficou em silêncio a olhar para ela e talvez a imaginar ambos maçadíssimos numa tal canoa vermelha de que já tinham ouvido falar. De repente, porém, num daqueles impulsos que lhe conheciam, interpelou o grupo:

— Querem vir connosco? A casa é enorme, há lugar para todos e então sim, divertíamo-nos imenso.

Vendo-os perplexos, pensou que tivessem outros planos e reconverteu o convite:

— Se não puderem vir todos, venham alguns. Eu levo quem estiver livre.

— Para onde vão? — perguntou o Chico.

— Para a nossa nova casa, uma casa fabulosa que comprei há pouco tempo. Fica à beira de uma lagoa sensacional e é linda de morrer.

— E quando partem? — perguntou a Luísa

— No sábado.

Teresa completou a pergunta da irmã:

— Quanto tempo lá ficam?

— Uma semana, mais dia menos dia.

— Eu estou livre — começou o Pedro. — Mas...

João cortou-lhe a palavra:

— Livres estamos todos. Só que somos mais dois.

— Ah sim? Então como é que nunca os vi?

— Não viu porque não nadam em piscinas públicas — respondeu-lhe o João com um meio sorriso. — Correm, farejam, seguem pistas, ou seja, são cães. Também os leva?

— Claro! Por que não? Adoro cães.

A partir daquele momento a conversa ganhou ritmo, tornou-se frenética, com trocas de números de telefone e moradas para o pai da Glória poder falar com as famílias deles e acertar pormenores. À despedida, os olhos azuis de Glória iluminavam um sorriso de orelha a orelha.

— Até sábado! Até sábado!

Capítulo **2**

Surpresas em série

A viagem começou com um problema: amarrar a canoa vermelha no tejadilho do jipe. Demoraram bastante tempo à volta dos elásticos e dos ganchos, porque o pai da Glória não era lá muito habilidoso mas queria orientar o trabalho e não se calava um segundo. Quem lhe valeu foram os rapazes habituados a conjugar esforços. Quando finalmente se sentaram nos bancos aconchegados entre mochilas e com o *Faial* e o *Caracol* aos pés estavam exaustos, suados, mas bem-dispostíssimos e cheios de fome. Pouco depois de arrancarem, já o Chico perguntava às gémeas:

— Qual é o saco onde vão as empadas?

Nenhum deles estranhou que aquela simples frase lhes fizesse crescer água na boca. Começaram por abrir o saco das

empadas e depois abriram os outros um a um. Espalhou-se no ar um cheirinho bom a comida de piquenique, tão bom que até o pai da Glória pediu:
— Passem aí uma sandocha.
— De quê?
— De queijo ou atum.
Deliciando-se a mastigar pedaços substanciais, nem por isso deixou de falar, mas como falava de boca cheia não entendiam o que dizia.
— «A faffa é ferfeita fão affuar...»
— Ó pai, resolveu falar chinês?
Ele riu-se, engasgou-se, pediu água, engoliu de um trago e repetiu:
— A casa é perfeita. Vão adorar!
Durante quilómetros e quilómetros quase não puderam trocar palavra pois ele não se cansava de gabar a casa que tinha comprado. E quanto mais falava, mais pormenores acrescentava:
— Está no meio de uma quinta linda. Atrás há um pequeno bosque. E pelo meio passa um rio com cascata.
— Que máximo!
— Pois é.
— E a lagoa?

— A lagoa não pertence à quinta, mas fica logo abaixo do portão. Quase que dá para abrir o portão e saltar para dentro da canoa.

— Fantástico!

— Há camas para todos ou alguém vai ter de dormir no sofá?

— As camas até sobram. A casa é enorme com quatro salas e cozinha em baixo, nove quartos e casa de banho em cima. E ainda tem sótão e cave.

— Tipo palacete? — perguntou a Luísa.

— Mais ou menos.

— Então foi caríssima, pai.

— Enganas-te. Foi baratíssima porque a comprei num leilão. Pertenceu a um colecionador inglês, sabes? Um homem que morreu sem deixar descendentes. Mas parece que enquanto foi vivo se entreteve a arranjar esta casa que adorava. Pintou-a num tom cor de rosa velho, mandou pôr portadas de madeira nas janelas, comprou móveis muito bonitos e muito confortáveis e ele próprio plantou árvores, arbustos, canteiros e uma trepadeira com flores brancas para emoldurar a porta da entrada.

— Deve ser um sonho.

— Melhor que sonho, é uma realidade.

Na última etapa da viagem mantiveram-se em silêncio, a imaginar a casa fabulosa onde iam passar uns dias estupendos.

Quando finalmente avistaram o muro de pedra coberto de verdura com um letreiro que dizia «Casa da Lagoa» esticaram-se de olhos arregalados para ver melhor. As surpresas começaram logo no portão. De ferro sim, mas ferrugento. Enorme, com uma bruta fechadura mas aberto de par em par e descaído nos gonzos.

O grupo entreolhou-se admirado, Glória emitiu um gorgolejo de espanto, mas o pai aparentemente não estranhou.

— Este portão tem de ser arranjado.

Afinal não era só o portão, era tudo.

A parede da casa devia ter sido cor de rosa há muitos anos, porque agora apresentava-se às manchas, com restos de tinta desbotada. Algumas janelas tinham os vidros protegidos por portadas de madeira, outras tinham as portadas de madeira penduradas e um ou outro vidro rachado. Quanto ao jardim, que desastre! Canteiros cheios de ervas secas, flores murchas, os arbustos redondos e tristonhos, a trepadeira transformada num tronco espinhudo sem folhas nem flores de espécie nenhuma.

— Não lhe falta muito para parecer uma casa assombrada — cochicharam as gémeas.

Pedro fez-lhes sinal para que se calassem. Chico e João disfarçaram. Glória reagiu.

— Ó pai, a casa está velhíssima.

— Pois está, mas qual é o problema? Manda-se pintar e fica impecável.

Pela cara dele perceberam perfeitamente que qualquer coisa não batia certo, mas o quê?

De chave em punho, tentava abrir a porta. Chico ofereceu-se para ajudar e ele aceitou. A fechadura, porém, resistia.

— Quando o pai cá veio ver a casa a porta abriu bem?

Ele encolheu os ombros e esboçou o sorriso de quem foi apanhado em falso.

— Eu nunca cá vim, Glória. Comprei a casa num leilão pela internet!

Rematou a confissão com uma gargalhada sonora, acrescentando de seguida:

— Afinal comprei uma espelunca. Ah! Ah! Ah! Vou gastar uma pipa de massa em obras. Ah! Ah! Ah!

No primeiro instante Glória franziu-se, mas o pai abraçou-a sempre à gargalhada e então desataram os dois numa risota que foi subindo de tom até se transformar naquele tipo de ataque que contagia toda a gente. Entraram todos em casa na galhofa e quanto pior era o que viam pela frente, maior a paródia.

— Tábuas no chão esburacadas! Ah! Ah! Ah!

— E cortinas esfarrapadas! Oh! Oh! Oh!

— A condizer com os sofás de molas à vista! Ih! Ih! Ih!

Se Pedro começara por rir com gosto, depressa teve de fazer um esforço para não destoar pois estava a achar aquilo um pouco estranho.

«O pai da Glória ou é riquíssimo e não se rala de gastar um dinheirão nas obras ou não é bom da cabeça», pensava. «E a filha? Se alinha, está habituada a estas cenas. E são cenas de quê? De ricaços ou de chanfrados?»

O pensamento seguinte perturbou-o.

— Nós na verdade só conhecemos a Glória da natação. Sabemos que os pais estão separados, mas nunca fomos a casa de nenhum deles. Será que o pai é sempre meio pirado e gosta de fazer partidas? Se calhar um amigo emprestou-lhe esta casa para férias e por isso é que ele nunca a viu nem se importa que esteja em ruínas porque não vai ter de pagar nada pelo arranjo.

Raciocinava com base na maneira de ser da sua própria família, pois nem pais, nem tios, nem primos se lembrariam de comprar fosse o que fosse sem ver primeiro.

«Que estranho, que estranho...»

No entanto preferiu guardar as dúvidas e acompanhar a visita pelos vários aposentos forçando o riso, e esperar para perceber o que se passava ali.

Faial e *Caracol*, radiantes por verem os donos tão contentes, corriam de um lado para o outro e farejavam cada recanto ganindo entre si como se lhes agradasse o cheiro. A paródia continuou na cozinha, onde só havia um velho frigorífico sujo por dentro e um bico elétrico pousado sobre um fogão a lenha de ferro preto descomunal, na escada, onde faltava um

degrau, nos quartos cheios de pó e com dois colchões de palha em cada cama. Mas quando entraram na casa de banho o choque foi tal que o riso deu lugar a um silêncio pesado e sentiram-se vagamente perdidos. Porque a casa de banho era exageradamente grande, com duas janelas de um tamanho absurdo, mas sobretudo porque àquela hora os raios de sol atravessavam as vidraças em direção ao espelho como se quisessem iluminar de propósito as palavras que alguém ali tinha escrito a vermelho.

> **MALDITO SEJA**
> **QUEM PISAR ESTE CHÃO**
> **AZAR... AZAR...**
> **MALDIÇÃO DO ALÉM**

Algumas letras tinham escorrido pelo espelho de modo que lembravam uma mensagem de filme de terror.

— Escrita com sangue — murmurou o João dando voz ao que todos pensavam. — Sangue...

Capítulo **3**

Rangidos e suspiros

O primeiro a recompor-se foi o pai da Glória.

— Disparates! Vocês não me conhecem, mas digo desde já que não acredito em nada dessas tretas de maldições, azares, mensagens do além. Glória, vai procurar um pano para limparmos o espelho.

A filha obedeceu mas ainda deitou uma mirada inquieta às palavras vermelhas. Quanto ao Pedro, tirou as suas conclusões: «Pai afirmativo e despachado. Filha impressionável ou talvez mesmo assustadiça.»

Não foi fácil limpar o espelho, que aliás ficou baço e com alguns pingos vermelhos, mas, na opinião apressada do Chico, assunto arrumado.

— Não há maldição que resista a uma boa esfregadela, sobretudo se for feita por mim. Vamos instalar-nos.

Rapidamente escolheram quartos, as mochilas voaram para cima das camas, a cozinha ganhou grande animação quando ligaram o frigorífico, que roncava, tossia e tremia. Pacotes e latas de comida empilhadas, janelas abertas para arejar e pronto! Saíram a dar uma volta pela quinta. Então, que boa surpresa! Se a casa não estava impecável e nova conforme a descrição do pai da Glória, o bosque, pelo contrário, era muito mais bonito do que esperavam e tinha até um leve toque de mistério. Ouviam cantar a pequena cascata por entre as árvores mas seria necessário procurar o caminho para a verem. Quanto ao rio, apresentava-se logo adiante, como se brotasse de um maciço de verdura, desenhava uma curva ampla à volta da casa e desaguava na lagoa que ficava em frente do portão. Ora a lagoa não podia ser mais apetecível. Águas mansas, transparentes, com algumas tiras de areia nas margens e árvores a toda a volta, deixava ver uma nesga de casas brancas do lado oposto ao da quinta. O que apetecia era ir nadar e, se possível, remar. Foi o que fizeram.

O João atirou-se de cabeça com o *Faial* e o *Caracol*.

— Venham! A água está ótima!

Glória e as gémeas seguiram-no, os rapazes ajudaram a tirar a canoa do tejadilho e puseram-na a flutuar, alternando depois mergulhos com remadelas vigorosas. O pai da Glória também vestiu o fato de banho mas não chegou a acompanhá-los porque o telemóvel tocou e ele afastou-se da margem, conversando animadamente com alguém que devia ter muito a dizer, pois a chamada prolongou-se quase até ao pôr-do-sol.

— Pronto, começaram os telefonemas do costume — resmungou a Glória.

Parecia aborrecida, mas como não fez mais comentários eles acharam melhor não perguntar nada.

— Está a ficar fresco!

— Eu vou para dentro. Vêm comigo? — a pergunta da Glória soava mais a pedido do que a pergunta.

«Pelos vistos não quer ir para casa sozinha», pensou o Pedro. «Acertei. É assustadiça.»

Ia oferecer-se para a acompanhar, mas as gémeas tomaram a iniciativa e então ficou com o Chico e o João a amarrar a canoa num velho embarcadouro de madeira. *Faial* e *Caracol*, radiantes com o banho inesperado, sacudiam-se respingando borrifos em todas as direções. João decidiu proporcionar-lhes um jogo que ambos adoravam e pôs-se a atirar pedrinhas e pauzinhos para longe ordenando-lhes:

— Busca, *Faial*! Busca, *Caracol*!

Os cães iam a correr e regressavam, contentes por entregarem o achado. Só que numa das viagens, em vez de pau, *Faial* regressou com uma lata de tinta vermelha presa nos dentes.

— Asneira, *Faial*! Eu atirei um pau, não atirei uma lata!

Pedro aproximou-se, arrebatou-lha e fê-la rodar entre as mãos.

— O que é isso? — perguntou o Chico.

— Palpita-me que é a tinta vermelha que alguém usou para nos deixar a mensagem no espelho.

— Mas ninguém sabia que nós vínhamos para aqui.

— Tens razão, Chico. Aquelas palavras não eram para nós, eram para assustar quem viesse para esta casa.

— E porquê?
— Lá isso não sei. Mas talvez seja possível descobrir.
— Antes de mais nada, vamos confirmar se o vermelho coincide — propôs o João.
— Aposto que sim.

Ansiosos por confrontar o que restava na lata com os pingos do espelho, arrebanharam a roupa, calçaram os sapatos com os pés ainda húmidos e dispararam que nem setas para a casa de banho. À primeira pincelada concluíram que o Pedro não se enganara.

— Não te cansas de ser génio? — perguntou-lhe o Chico na brincadeira.

— Génio, não. Apenas especialista em pingos de tinta vermelha. Mas só em casas escalavradas. Ou de preferência assombradas.

Desceram a escada com cuidado para não tropeçarem no buraco deixado à mostra pelo degrau em falta e juntaram-se às raparigas que se banqueteavam com os últimos croquetes do farnel. O pai da Glória também lá estava a ferrar o dente num ovo cozido e ficou aliviado com a notícia que ajudaria a filha a descontrair.

— Ótimo! Vocês são o máximo. Vês, Glória, não há motivo para sustos. O sangue no espelho afinal era tinta. Os teus amigos mal chegaram desvendaram o mistério da Casa da Lagoa.

Ela ripostou de imediato

— Não digo que não. Mas só o mistério número 1. Falta saber quem escreveu a mensagem. Para quê? Porquê? E para quem? São mais quatro mistérios.

— Excelente — disse o Chico. — Podes contar connosco e garanto que não vamos embora daqui sem descobrir tudo até ao mais ínfimo pormenor.

— Boa sorte! — desejou-lhe o pai da Glória com uma expressão divertida e voltando a ferrar o dente, desta vez numa fatia de pão de ló. — Se acham altamente excitante saber quem foi o autor daquela estúpida mensagem, força! Podem explorar a casa, o sótão, a cave, a quinta, o bosque, tudo o que quiserem! Se o resultado for interessantíssimo, convido-os para jantar no melhor restaurante da aldeia.

— O melhor da aldeia, pai? Se houver um já estamos com sorte.

— E pode ser ótimo, ou não pode?

— Pode!

Riram os dois como se o que acabavam de dizer tivesse imensa graça.

«Pelos vistos pai e filha entendem-se bem», pensaram as gémeas.

«Entre estes dois há um canal de comunicação humorístico», pensou o Pedro.

Sem televisão nem ligação à internet, jogaram às cartas, conversaram e bocejaram que se fartaram, o pai da Glória acabou por adormecer no sofá ressonando de boca aberta como um autêntico urso a hibernar na caverna.

— Estou estafado, vou-me deitar.
— E não vais sozinho, Chico.
— Pois não. Está na hora.

Subiram para os quartos e amoleceram em cima dos colchões de palha convencidos de que iam dormir de um sono até de manhã. Puro engano. Passava da meia-noite quando os cães deram sinal. Rosnava um, rosnava outro, ambos de orelhas arrebitadas, mas sem saírem do mesmo lugar. João remexeu-se na cama ainda de olhos fechados, o barulho das tábuas ajudou a despertá-lo. De início nem se lembrava bem onde estava, mas como o

Faial lhe lambeu a mão, sentou-se e pestanejou:

— Ah! A Casa da Lagoa...

Muito quieto, captou um ruído que não conseguiu identificar porque tanto podiam ser gemidos abafados como portas a ranger.

— O que é isto?

Continuou à escuta, na esperança de que aquilo parasse mas, em vez de parar, aumentou. Redobrando a atenção julgou ouvir também passos ao de leve. Então levantou-se, abriu a porta e deparou com um inesperado fantasma de olhos azuis brilhando no escuro, que era a Glória muito pálida e de pijama branco.

— O que é isto? — perguntou ela e perguntaram os outros que também se tinham levantado.

Os estranhos ruídos continuavam e não se percebia bem de onde vinham.

Capítulo **4**

A máscara

— Corrente de ar — decidiu o Chico.
— Levantou-se vento, deve estar por aí uma porta ou uma janela a ranger.

— Então vamos fechá-la, senão não conseguimos dormir — disseram as gémeas também um pouco assustadas mas a disfarçar.

— *O.K.* Eu dou uma volta e trato disso.

— Nós vamos contigo.

Glória colou-se-lhes aos calcanhares e lá andaram às voltas por todos os compartimentos sem encontrarem nem janela aberta nem portas a abanar. Mas os ruídos continuavam e ora pareciam gemidos ora pareciam rangidos, «Aaaa... Eeee... Uuuu...». Perplexos, não comentavam e a busca tornou-se frenética.

— Só falta ver aqui!

Pedro abriu a porta de uma pequena saleta onde entraram ainda às escuras. Mal acenderam a luz deram um berro coletivo.

— Aii!

O motivo do susto foi uma carantonha branca, de olhos vazios e bocarra descaída que parecia sair da parede. No minuto seguinte perceberam que afinal estava simplesmente pendurada numa parede branca, sem quadros nem outros enfeites.

— Não é nada, não é nada, balbuciou o Chico. Pedro fez coro com ele, no entanto continuaram todos especados a olhar a carantonha, em silêncio, e com uma leve tremura nos braços e nas pernas porque aquele objeto era de facto arrepiante e porque tomaram consciência de que os ruídos cessaram quando lhe puseram a vista em cima. Seria possível que a carantonha gemesse?

A voz do pai da Glória interrompeu-lhes o transe.

— O que é que estão aqui a fazer? Por que é que se puseram aos gritos?

Estremunhado e pouco satisfeito, dirigiu-se à filha.

— O que foi, Glória?

Não era fácil explicar, com a ajuda das gémeas e dos rapazes lá compôs uma justificação. Ele encolheu os ombros.

— Olhem lá, vocês não podem guardar essas tretas para de dia e dormir à noite? Ou pelo menos deixar que eu durma?

— Sim, claro. Desculpe — gaguejou o Pedro.

— Foram os ruídos, pai. E depois aquilo...

— Ruídos não ouço nenhuns. Quanto àquilo não tem nada de assustador. Vocês não sabem o que é?

— Não.

— É uma máscara de teatro. De teatro antigo, que se fazia na Grécia. Os atores, em vez de representar com expressões de alegria ou de tristeza, usavam máscaras de comédia que têm um sorriso ou máscaras de tragédia que são assim, carantonhas de aflição.

— Ah!

— Mas os ruídos pararam quando entrámos aqui...

— Ó Glória, por favor! Não te passou pela cabeça que aquela máscara geme, pois não?

Retirou-a da parede, colocou-a na sua própria cara e desatou a gemer:

— Ai... deixem-me dormir... ai...

Impossível não rir, em todo o caso um riso ainda frio.

A máscara voltou ao seu lugar na parede, eles voltaram para a cama tentando não pensar mais no assunto, mas a ideia de que a carantonha da tragédia os tinha chamado persistia.

— Mal lhe pusemos a vista em cima calou-se...

— Cala-te mas é tu, Luísa! Não armes!

No dia seguinte, depois de um almoço tardio, foram à aldeia fazer compras. Só havia uma loja, onde se vendia de tudo, e quando deram por isso o pai da Glória tinha atafulhado o carro como se estivesse ali para passar três ou quatro meses.

A dona da loja ficou delirante por esvaziar várias prateleiras e, à despedida, ofereceu-lhes um pacote de biscoitos de manteiga que tinham ótimo aspeto.

— Foram feitos por mim, é a minha especialidade!

Acompanhou-os à porta da loja e ficou a dizer adeus como se em vez de clientes fossem uns sobrinhos queridos que estivessem de visita.

— Voltem sempre! Tudo o que precisarem eu arranjo! E se não tiver, encomendo!

Afastaram-se entre nuvens de poeira e na risota porque no meio de sacos de plástico, caixotes de cartão cheios de latas de salsichas ou de latas de atum e pacotes gigantes de comida de cães, mal se podiam mexer.

— Ó pai, diga lá a verdade, comprou isto tudo porque tenciona convidar mais gente?

— Não, que ideia! Tive foi pena da mulher. A aldeia é mínima, deve vender pouquíssimo, quis dar-lhe uma alegria. E como comprei sobretudo coisas que não se estragam, já fico com a despensa equipada para quando viermos passar os fins de semana no inverno. Vocês sempre que quiserem também podem vir!

Contornou a lagoa a assobiar, provocando ligeiras derrapagens na estrada de terra batida para o carro dançar a compasso, sem no entanto correr o risco de derrapar para dentro de água.

De volta a casa, enquanto arrumavam mantimentos e detergentes em quantidades industriais, o pai da Glória recebeu um telefonema e foi falar para o jardim. Ela repetiu o que já tinha dito antes, agora mais à vontade por se sentir integrada no grupo.

— Lá está ele com os telefonemas do costume...

Chico tinha arrastado para a despensa um pequeno escadote e, em vez de comentar, pediu-lhe:

— Passa aí as últimas latas, ainda há espaço na prateleira de cima.

As gémeas riram-se.

— Acho que podemos fazer concorrência à mulher porque ficámos com uma autêntica mercearia em casa.

Ainda não tinham terminado a operação «arrumos» quando o pai da Glória regressou do jardim e parou na frente deles a tomar balanço para dizer qualquer coisa embaraçosa.

A filha percebeu de imediato que vinham lá «notícias de última hora», interrogou-o apenas com o olhar, murmurando baixinho: «Pai?»

Ele fez um trejeito de cabeça, encolheu os ombros e explicou, sem nada explicar:

— Surgiu-me um imprevisto. A... tenho de ir tratar de um assunto urgente... a... como não vou conseguir voltar hoje, o melhor é levá-los comigo e daqui a dois ou três dias regressamos. Que tal?

— Péssimo — respondeu a Glória amuada. — Que eu saiba, o pai está de férias. Quis-me trazer, convidou os meus amigos, e afinal vamos todos embora?

Pela cara, perceberam que estava chateada. E como a proposta era uma desilusão para todos, Chico arriscou:

— Não podemos ficar aqui?

— Sozinhos? — perguntou ele surpreendido.

— Sozinhos, não — disse o Pedro. — Somos seis, temo-nos uns aos outros.

— E temos os cães — acrescentou o João. — Comida não falta nem para nós nem para eles, se for preciso qualquer coisa podemos ir a pé à aldeia — reforçou o Chico.

— E usar os telemóveis — disseram as gémeas.

Em vez de responder, olhou para a filha a tentar perceber se ela queria ir ou ficar.

Como continuava amuada, de olhos baixos, perguntou-lhe:
— Que dizes, Glória?
— Que sim.
— E isso significa o quê?
— Já que o pai não tem tempo para mim, fico com os meus amigos.
— Ó Glória, são só dois dias ou três que estou fora. Depois volto.
— Hum...
— Bom, decidam lá.
— Não ouviu o que eles disseram? Já decidimos.
— Então, pronto. Nem levo nada, e vou já meter-me à estrada para não perder tempo.

Deu-lhe um beijo na testa, acenou ao grupo, saiu porta fora, ouviram o jipe arrancar a grande velocidade.

— Não te rales — disse a Luísa para desanuviar. — Até é mais giro ficarmos só nós!

Ela hesitou apenas um instante, depois concordou:

— Tens razão. E para mim é uma experiência nova, sabem? Nunca fiquei assim sozinha com um grupo da minha idade.

— Então vamos fazer tudo para ser o mais divertido possível — prometeu o João.

— E emocionante! — acrescentou o Chico com a boca a transbordar de biscoitos de manteiga. — Prova, são sensacionais!

A conversa tornou-se mais solta, instalaram-se à volta de uma mesa e trataram de se banquetear invertendo a ordem habitual das refeições, primeiro sobremesa, no fim cachorros. Passado um bocado já Glória falava do pai com total descontração.

— Ele é sempre assim. Um homem de impulsos, compreendem? Faz a primeira coisa que lhe vem à cabeça. A minha mãe até costuma dizer que a relação deles resultou de dois impulsos. Impulso número 1, casou com ela. Impulso número 2, divorciou-se quando eu tinha meses.

— Então nunca viveste com os pais?

— Vivi meses, mas como é óbvio não me lembro. E também, para falar com franqueza, não me importo. Entendo-me muito bem com ambos, apesar de serem completamente diferentes. A minha mãe é a organização em pessoa, nunca faz nada que não esteja previsto, combina tudo com antecedência, etc., etc. Agora casou com um homem igual a ela que felizmente é impecável comigo e ainda por cima tiveram um bebé que eu adoro. O meu pai é isto que viram. Ótima pessoa, divertido, imprevisível. Já lhe conheci milhares de namoradas e hoje aposto que o assunto urgente foi ir atrás da última que lhe deve ter telefonado a dizer que morria de saudades e exigia um encontro.

— Pois que lhe faça bom proveito — comentou a Teresa. — É ótimo ficarmos sozinhos dois dias com os nossos cães.

— E livres para descobrir se a máscara geme ou não geme...

Chico falara no gozo, mas a lembrança da noite anterior teve um efeito gélido.

— Que parvo, Chico — balbuciou a Luísa estremecendo com os arrepios que lhe subiram pelas costas.

A situação agravou-se porque a noite caíra e as árvores do jardim balançando ao vento carregaram a paisagem com um toque fantasmagórico. O pior de tudo, no entanto, foi os cães arrebitarem as orelhas e começarem a uivar em surdina.

— O que é que eles têm? — perguntou a Glória.

— Não sei...

Nesse momento ouviram um trovão ao longe, faltou a luz, começou a cair uma chuvinha, primeiro mansa, depois mais forte, que escorrendo pelas vidraças sujas as ia tornando baças

— Há velas na despensa, vou acender algumas.

Ainda o João procurava fósforos, quando voltaram a soar os rangidos ou gemidos da véspera: «Aaaarr... eeeerrr... uuurrr...»

Capítulo **5**

Para quê?

— Vamos já descobrir que raio de chinfrineira é esta — disse o Chico. Nem esperou para ver se o acompanhavam ou não, seguiu em frente de vela em punho. Os rapazes foram atrás dele e as raparigas também, tropeçando nos buracos do tapete esfiapado que cobria o chão do corredor. Atrás iam os cães, bastante agitados. Irritado, ou talvez para disfarçar o nervosismo, o Chico deu um pontapé na porta da saleta e entrou. A máscara lá estava de bocarra aberta e assim, à luz das velas, o aspeto era realmente tenebroso.

— Que expressão horrível — comentou a Teresa, arrepiada. Parece mesmo a cara de uma pessoa a sofrer imenso.

— Bom, se foi feita para representar tragédia, tem de ser assim — lembrou o Pedro com voz fraca porque também ele

ficara hirto diante das sombras que as chamas das velas projetavam na parede. Os ruídos continuavam agora mais agudos: «iiinch... iiich...».
Num rompante típico, o Chico arrancou a máscara da parede, revirou-a de um lado e do outro e repetiu várias vezes: «É de gesso. O gesso não fala, nem geme, nem guincha.»

— Deixa ver — pediu o Pedro.

— Toma!

A máscara acabou por circular de mão em mão e todos puderam verificar que não havia nenhum mecanismo oculto que pudesse produzir aqueles sons. Mas os sons, que se tinham eclipsado por um instante, voltaram a fazer-se ouvir acompanhados por sopros de respiração ofegante:

«Âââ... â â â...»

As gémeas encostaram-se uma à outra transidas. Glória parecia prestes a desmaiar, João passou-lhe a vela e encostou a orelha à parede. *Faial* chegou-se a ele e gemeu.

— Pschiu! Caluda! Deixem-me ouvir, a ver se percebo o que é.

Concentrados e em silêncio, concluíram que, fosse o que fosse, soava por trás daquela parede.
— Vamos espreitar na sala ao lado?
— Eu não sei se vou...
— Vens, claro. Convém não nos separarmos.

Sendo a porta estreita saiu um de cada vez, e Chico foi o último. De caminho, repôs a máscara no prego, deitou-lhe um último olhar e não resistiu a insultá-la: «Estúpida, és horrenda.»

As rajadas de vento, próprias de uma tempestade de verão, dobravam as árvores e fustigavam as janelas com tal violência que os vidros estremeciam nos caixilhos. A trovoada aproximara-se e devia estar mesmo em cima deles porque quase não havia intervalos entre os relâmpagos e os trovões. Ainda assim, por entre os «cabouns» da Natureza, a inexplicável gemideira mantinha-se ativa.

A vela que Pedro transportava apagou-se quando espreitou a medo para a sala ao lado, mas o clarão da tempestade permitiu-lhe ver num relance que ali não havia senão móveis velhos desconjuntados e uma espécie de colcha às flores a cobrir a parede que ficava por trás da maldita máscara.

— Aquele pano deve esconder qualquer coisa, vamos arrancá-lo.

Chamando a si toda a coragem, começou por lhe levantar uma ponta.

— Nada!

O Chico e o João puxaram-na com toda a força, observados pelas gémeas e pela Glória, que seguravam as velas completamente esgazeadas. Ao terceiro puxão, o pano rasgou-se e depois soltou-se juntamente com a fina trave de madeira que a segurava lá no alto e caiu-lhes em cima.

— Ai!

— Apaguem as velas antes que isto pegue fogo!

Felizmente a deslocação do ar encarregara-se das chamas e foi às escuras que se debateram com aquele pano cheio de pó e a cheirar a mofo. Quando por fim se libertaram, a tempestade amainara, e perceberam que os estranhos ruídos vinham do chão. Quietos e de coração acelerado, olhavam ora a parede completamente lisa que acabavam de destapar, ora as tábuas do soalho onde não descortinavam nada que pudesse justificar rangidos ou gemidos e muito menos aquele som terrível e assustador de respiração ofegante.

— Serão ratos?

— Que ideia, João! Os ratos não respiram assim.

— E os morcegos?

— Também não.

— Vocês acham que são fantasmas? — perguntou a Glória engolindo parte das sílabas, tal era o susto.

— Eu não acredito em fantasmas — respondeu-lhe o Chico tentando falar com voz firme. — Deve haver é um fundo falso por baixo das tábuas.

Pedro concordou.

— O problema é o que estará nesse fundo falso.

Sem saberem o que pensar, juntaram-se formando um círculo apertado com os cães no meio. *Faial* continuava agitadíssimo e o *Caracol* roçava-se nas pernas das gémeas a pedir que lhe pegassem ao colo. Glória estava lívida, Pedro dava voltas à cabeça para encontrar uma solução que pudesse serenar os ânimos.

Quando menos esperava Chico deu um berro:

— Guarda-chuva!

— Hã?

— Vai ali um guarda-chuva a atravessar o jardim.

Encostara-se à janela, os outros precipitaram-se também à espreita, de guarda-chuva nem sinais.

— Só vejo arbustos redondos ao vento — disse o João. — Confundiste-os.

— Garanto-te que não. Era um guarda-chuva dos antigos, enorme e a correr. Como não podia correr sozinho, levava alguém por baixo.

— Tens a certeza? — perguntou o Pedro em suspenso.

— Absoluta.

— Nesse caso anda alguém a rondar a casa — disse a Glória ainda mais assustada.

Pedro deu-lhe uma resposta surpreendente.

— Ótimo!

— Porquê?

— Porque então os ruídos não têm nada de fantasmagórico nem de sobrenatural.

Deve ser alguém que se enfiou nalguma cave ou adega que haja aqui por baixo e que nós ainda não vimos.

— Para roubar?

— Roubar o quê, se nesta casa só há velharias sem interesse nenhum?

— Tens razão, Luísa!

Na cara do Pedro bailava um sorriso promissor.

— A pessoa que se enfia para aí a soltar gemidos idiotas só pode ser a mesma que escreveu a mensagem no espelho com tinta vermelha. E só pode ter feito isso por um motivo: assustar as pessoas que estiverem nesta casa. Acabámos de desvendar um dos quatro mistérios que faltavam. Sorria abertamente quando acrescentou:

— Para quê? Para assustar!

— E porquê?

— Isso ainda não sabemos mas havemos de descobrir — garantiu o Chico.

— Se quiserem, até vou imediatamente ao jardim procurar a entrada para a tal cave ou adega.

— Com esta chuva?

— O mais que me pode acontecer é ficar encharcado.

Glória olhou-o com admiração, Pedro abanou a cabeça negativamente.

— Nem pensar! Podem acontecer-te muitas outras coisas...

— Não tenho medo nenhum — fanfarronou.

— Tenho eu — disse a Glória. — Um homem de carne e osso pode ser bem mais perigoso do que ratos, morcegos ou fantasmas.

— E quem te disse que é um homem?

— Pode ser uma mulher.

— Seja quem for, tenho medo. Acho que vou telefonar ao meu pai para nos vir buscar ainda hoje. Não quero dormir aqui.

Telefonar, telefonou, mas como ele não atendeu, o grupo decidiu entrar em ação de maneira muito eficaz. Em vez de lhe dizerem «não tenhas medo, não tenhas medo», deram volta à casa para trancar bem as portas e janelas, transportaram os colchões todos para o mesmo quarto e acamparam juntos a beber leite com chocolate e a comer biscoitos de manteiga. *Faial* e *Caracol* também receberam a sua parte.

João teve o cuidado de fazer notar que se mostravam calmos.

— Se o intruso ainda andasse por aí, os cães davam sinal, Glória. Se estão calmos é porque foi embora. Podes ficar descansada.

Ela acenou que sim e encolheu-se por baixo das mantas de olhos muito abertos. Já todos dormiam e ela acordada, fitando a porta e interrogando-se:

«Quem será que nos quer assustar? E porquê?»

Só se deixou vencer pelo sono de madrugada.

Capítulo **6**

O quinto mistério

No dia seguinte acordaram todos muito tarde e com a mesma ideia fixa: ir procurar a entrada da adega ou da cave que julgavam existir. Comeram à pressa e desceram para o jardim dispostos a observar com o máximo cuidado as paredes exteriores da casa.

— Ali! Ali, só pode ser ali — chamou o João ao dar com os olhos num emaranhado de arbustos encostado à parede das traseiras, um pouco adiante da cozinha.

— E há aqui pegadas na lama.

— Eu bem disse que vi um guarda--chuva em movimento!

Instintivamente Chico ergueu a cabeça para a janela onde na véspera encostara a cabeça.

— Tão certo como dois e dois serem quatro. Foi dali que espreitei, foi ali que vi o homem a fugir.

— Ou a mulher.

— Desiludam-se, gémeas, as pegadas indicam claramente que se tratava de um homem e mais, que usava botas de borracha.

— Lá estás tu, Pedro «o detetive» em ação.

Ele riu-se e chegou-se às raparigas que acabavam de afastar os ramos e se vangloriavam em coro:

— Achámos!

De facto, por detrás dos arbustos, havia uma porta baixa, estreita, de madeira, fechada à chave.

— Afastem-se — disse o Chico. — Agora entro eu em ação.

Colocou-se a jeito, encolheu a perna direita e «pam»! A porta abanou mas não cedeu logo. Foram precisas três patadas para que a fechadura rebentasse.

Com um sorriso triunfante deu um encontrão nas tábuas e anunciou:

— Se não se importam, sou o primeiro a entrar.

Afinal não foi porque o *Faial* passou-lhe à frente. Pelo barulho das patas, perceberam que descia três degraus.

— De pedra — disse o João, que foi o segundo a penetrar no compartimento escuro, húmido, de cheiro tão ácido e desagradável que as gémeas desataram a tossir.

— Eu fico à porta — declarou a Luísa. — Tenho medo que o homem volte e nos tranque aqui dentro.

— Como, se eu dei cabo da fechadura?

Ela não respondeu e encostou-se à ombreira a ganhar coragem para se enfiar naquele cubículo pouco apetecível. Os outros giravam em busca nem sabiam de quê, e à luz de uma única lâmpada pendurada no teto, muito baixo, que também era de tábuas salpicadas por furos típicos de caruncho. João tinha encontrado o interruptor, de modelo antigo, a lâmpada de vez em quando piscava como se estivesse prestes a fundir, no entanto, lá se aguentou e permitiu-lhes ver uma arrecadação usada em tempos para guardar os restos de uma obra.

— Meio saco de cimento.
— Telhas e tijolos
— Latas de tinta seca...
— Ferramentas em péssimo estado.
— Esta tralha não interessa.

— O que interessa é saber se, gemendo aqui, se ouve lá em cima. Quem é que vai para a saleta e quem é que fica aqui a imitar rangidos e gemidos?

— Eu vou para a saleta com a Luísa.

Glória quis acompanhar as gémeas e desapareceram as três acompanhadas pelo *Caracol*, que a Teresa carregava nos braços. Os rapazes começaram de imediato a ensaiar ruídos estranhos mas nada parecidos com os da véspera:

«Zrrr...Zrrr...»

«Ronc... renhonc... renhonc...»

João interrompeu-os no gozo:

— Olhem lá, vocês resolveram ressonar e serrar madeira?

— Por falar em madeira — respondeu o Pedro. — Esta saca está cheia de serradura.

— Serradura?

— Sim, pó de madeira.

— E serve para quê?

— Sei lá!

Enfiou a mão pela abertura e desatou a polvilhar o chão com partículas semelhantes à areia da praia.

— Vou-me «espraiar» — disse o Chico também no gozo.

Atirou-se para cima das sacas, e então aconteceu o que nenhum deles esperava, porque as sacas tombaram e a cabeça dele bateu com toda a força de encontro a um espigão.

— Ai! Aleijei-me!

Para grande espanto dos três, uma tábua do teto deslizou, ouviram rangidos metálicos semelhantes aos da noite anterior e lá do alto começou a desdobrar-se uma escada metálica que foi tomando forma devagarinho até pousar no chão. *Faial*, tão admirado como o dono, pôs-se a ladrar à louca. No andar de cima as raparigas reagiram.

— Estamos a ouvir o *Faial*!
— Ouve-se perfeitamente!
— E ainda vão ouvir melhor daqui a nada — murmurou o Chico já com o pé no primeiro degrau.

Subiram todos na maior expectativa e foram dar àquilo que era obviamente um compartimento secreto da Casa da Lagoa. Estreito, comprido, sem janelas, com um buraquinho mínimo que devia ser um respiradouro, prateleiras vazias cobertas de pó e no chão uma arca bastante grande, tudo apenas entrevisto à luz do único telemóvel

que tinham consigo. Da saleta, as gémeas e a Glória reclamavam em altos berros:

— Então? Não gemem?

— Não vale a pena — gritou-lhes o Chico. — Venham ter connosco, fizemos uma descoberta sensacional!

Elas, curiosíssimas, voltaram para baixo rapidamente. Desta vez nem a Luísa hesitou em subir a escada metálica e ficaram tão assarapantadas como os amigos.

— É incrível!

— Um compartimento secreto no meio das paredes.

Sem espaço para se movimentarem à vontade e sendo impossível chegarem-se os seis junto da arca, rodaram à vez e todos tentaram abri-la convencidos de que lá dentro encontrariam um tesouro.

— Nada feito. Só com os dedos, nada feito.

— Vou buscar as ferramentas. Estão em mau estado mas hão de ser muito úteis.

Enquanto o João descia e tornava a subir com um martelo e um pé de cabra, os outros não desfitaram a tampa abaulada imaginando cada um tesouros diferentes. Moedas de ouro. Pedras preciosas. Pratas. Joias...

A todos pareceu bem que o Chico se encarregasse de forçar a tampa e ele não os desiludiu. Habilidoso, despachado, concentrou-se na tarefa, nada fácil aliás. Quando finalmente conseguiu o que queria encarou-os delirante e a suar em bica:

— Vou abrir... preparem-se!

A tampa rangeu ao de leve e, mal a luz difusa do telemóvel incidiu sobre o conteúdo da arca, soltaram berros dignos do pior filme de terror. Porque o que estava na arca era um corpo humano enrolado em trapos.

— Um morto — gritou a Glória quase caindo pela escada abaixo. — Eu não fico nem mais um segundo nesta casa!

Saiu para o jardim espavorida, com os olhos azuis cheios de lágrimas e o coração aos saltos. Atrás vinham as gémeas igualmente em pânico, os rapazes assombrados, os cães enervados com tanta gritaria.

— Por que raio há de estar um morto ali enfiado numa arca? — soluçava a Glória.

Demoraram a responder-lhe pois sentiam-se sufocados de pasmo e aflição, mas por fim Chico arriscou em voz sumida:

— Esse é o quinto mistério...

Capítulo 7

A mais estranha descoberta

«O quinto mistério» deixou a Glória completamente descontrolada. Tentou ligar mais de vinte vezes ao pai que nunca atendeu, depois ligou outras tantas à mãe que também não atendeu. O susto deu lugar à fúria e desatou a chorar.

— São incríveis! Estão lá na vida deles e não me atendem!

— Ó Glória, se calhar ficaram sem bateria.

— Os dois?

— Por que não? Acontece.

— E também podem estar num sítio onde não haja rede.

— Qual quê! Eles não querem é saber de mim!

— Desculpa lá, mas vimos perfeitamente que te dás bem com o teu pai e tu própria nos disseste que gostas da tua mãe, do teu padrasto e do teu irmão. Reages assim porque ficaste nervosa e é natural.

— Calma, calma!

— Eu até já chamei a polícia — disse o Pedro.

Ela fitou-o atónita.

— A polícia? Que má ideia, Pedro! Se aparecem aí ainda julgam que nós é que cometemos o crime.

— Os criminosos fogem, não chamam a polícia.

— E não temos cara de assassinos.

— Quem tem de certeza é o homem do guarda-chuva. Aposto que foi ele...

— E a vítima fartou-se de gemer.

— Não. O que range e geme é a escada a desdobrar-se.

— Então só o ouvimos respirar.

— Claro. Deve ter sido uma estafa levar o morto e a arca pela escada acima.

— O bandido é chanfrado — comentou a Teresa.

— Porquê?

— Porque havia maneiras muito mais fáceis de se ver livre do corpo. Podia enterrá-lo ou deitá-lo à lagoa.

— Na lagoa acabava por aparecer na margem...

— E cavar deixa vestígios.

Falavam sobre coisas terríveis, mas na verdade a conversa sempre ajuda a desanuviar. Quando chegou o jipe da GNR sentiam-se capazes de contar tudo sem fazer cenas. Os dois agentes quiseram ir de imediato ao compartimento secreto e voltaram pouco tempo depois com uma expressão peculiar nos rostos bem barbeados. Glória não se conteve e disse-lhes de chofre:

— Nós não temos nada a ver com o crime. Não fomos nós que o matámos.

— Nem sabemos quem é — acrescentou a Luísa.

— Pois não. Nem sequer sabemos se é homem ou mulher — continuou a Teresa.

— Reconheceram o morto? — perguntou o João.

O Pedro e o Chico nada diziam por estarem intrigados com a atitude divertida e quase trocista daqueles homens perante um assunto trágico. Tudo se esclareceu quando tomaram a palavra.

— Não conhecemos o morto — disse um dos polícias.

— E também não sabemos se é homem ou mulher — disse o outro. — Só há uma coisa de que nós temos a certeza.

— Não foram vocês que o mataram.

Entreolharam-se antes de prosseguir e já foi por entre gargalhadas que os esclareceram:

— Quem está naquela arca morreu há séculos. Ah!Ah! Ah!

— É uma múmia. Ah! Ah! Ah!

— Uma múmia? — perguntaram em coro. — Do Egito?

— Provavelmente, sim. Esta casa pertenceu a um senhor inglês que tinha a mania das antiguidades e participava em escavações arqueológicas, sobretudo na Grécia e no Egito.

— Segundo consta, arrebanhou muitas peças encontradas pelos arqueólogos, e trouxe-as com ele. Foi acusado de as esconder aqui. Pelos vistos era verdade.

Pedro estranhou:

— Mas quem é que consegue trazer uma múmia às escondidas?

— Nem vocês sonham a quantidade de coisas enormes que circulam às escondidas!

— A mim o que me faz confusão é que alguém queira ter uma múmia em casa. Não serve para nada — disse o João.

— Serve para vender a um museu que tenha salas de arte egípcia. Serve para vender a colecionadores milionários que gostam de ter museus privativos e estão dispostos a pagar bem...

— E neste caso não arranjou comprador?

— É uma hipótese. Vocês não viram as prateleiras do quarto secreto vazias? Deviam estar a abarrotar de peças valiosas, foi-as vendendo e a múmia foi ficando.

— Quando acusaram o inglês de ter roubado preciosidades, vieram cá duas ou três equipas de investigadores internacionais para revistarem esta casa de alto a baixo mas ninguém encontrou aquele compartimento. Vocês foram mais espertos do que os peritos contratados para a investigação.

— Como é que descobriram a entrada lá para cima?

Chico apontou a nuca onde ainda sentia uma pasta de sangue seco a repuxar os cabelos.

— Por estranho que pareça, foi à cabeçada!

Preparavam-se para aprofundar as explicações quando chegou uma carrinha maior que os agentes tinham chamado para levarem a múmia, o que exigiu cordas, força, tempo, trabalho. A arca continha um sarcófago pintado, muito bonito, e a maneira como o corpo estava enfaixado não deixava lugar a dúvidas.

— Se não fosse a escuridão eu tinha percebido logo — disse o Pedro. — Já vi tantas múmias em livros, em filmes, na net. Que estupidez!

— Temos de a levar ao nosso chefe, depois falo com o dono da casa.

— É o meu pai — disse a Glória. — Comprou-a há pouco tempo num leilão.

— Pois, já ouvimos dizer. A notícia espalhou-se depressa porque as pessoas da zona ficaram curiosas.

— O inglês não deixou descendentes, a casa esteve abandonada anos e anos, toda a gente queria saber quem era o novo dono.

— Então é o teu pai. Onde é que ele está?

— Foi tratar de uns assuntos — disse a Glória desviando o olhar. — Mas volta hoje ou amanhã.

— Ele que nos contacte logo que chegar.

A carrinha já lá ia e aqueles dois, ansiosos por uma pausa, encaminharam-se para o jipe. Glória ainda tentou falar no homem do guarda-chuva, mas atrapalhou-se por lhe parecer uma idiotice acusar alguém de matar uma múmia. Os outros, no entanto, ainda ensaiaram a queixa de que andava gente a rondar-lhes a casa.

— E até vimos um guarda-chuva a atravessar o jardim.

— É natural — respondeu o guarda sentado ao volante. — Ontem choveu a potes, não choveu? Quem anda à chuva tem de se proteger.

— Adeus, até breve — acenou o companheiro.

Arrancaram a acelerar, deram meia volta e foram embora.

De novo sozinhos e depois de uma experiência tão estapafúrdia sentiam-se muito desconfortáveis.

— Fiquei estafado.

— E eu também.

— O que me apetecia era tomar um banho.

— Na lagoa?

— Era melhor na banheira. Tenho o cabelo cheio de pó e acho que cheiro mal.

— Quanto a isso não te preocupes. Devemos estar todos a cheirar a múmia!

— Cobertos pelo pó dos séculos.

— Nesse caso, valemos imenso dinheiro.

As brincadeiras do Chico devolveram--lhes a boa disposição, e como a tempestade da véspera se desvanecera dando lugar a um dia esplendoroso de céu azul, sol quente, ar transparente, o bem-estar geral aumentou. A lagoa rebrilhava, convidativa e atraiu os rapazes para um mergulho. As raparigas optaram pela banheira mas depressa desistiram de tomar banho e juntaram-se aos amigos na risota.

— O meu pai comprou toneladas de coisas e não se lembrou de sabonete nem champô.

— Temos de ir à loja da aldeia.

— Boa! Vamos todos.

— A pé?

— Não. De canoa.

Desamarraram-na, chamaram os cães, saltaram para dentro, Chico e Pedro pegaram nos remos e afastaram-se da margem com a agradabilíssima sensação de navegar em águas calmas. Não se aperceberam de que alguém os observava por trás de uma zona que oferecia bom esconderijo por ser de folhagem espessa.

As gémeas viajavam ao lado uma da outra, de vez em quando refrescavam a mão na água. João sentara-se à proa, na companhia do *Faial*, ambos deliciados com o passeio. Glória olhava-os, pensativa. A certa altura não conseguiu conter-se e voltou à carga.

— Os ruídos que ouvimos ontem à noite não podem ter sido produzidos pela múmia. E também não foi a múmia que fugiu pelo jardim debaixo de um guarda-chuva, por isso acho que continuamos em perigo.

— Talvez não — disse o Pedro. — E sabes porquê? Porque as prateleiras do quarto secreto estão vazias. Na minha opinião quem rondou a casa e tentou assustar-nos, o que queria era roubar as peças do quarto secreto. Como já roubou tudo, não volta.

A conclusão inteligente e lógica serenou o grupo e a própria Glória suspirou de alívio.

— Tens razão.

Ajeitou-se, enfiou também as mãos na água e fechou os olhos um instante para se entregar ao prazer de navegar. Não podiam adivinhar que por trás dos arbustos olhos atentos seguiam o percurso da canoa para se certificarem de que eles tão depressa não voltavam para trás.

Capítulo **8**

Três irmãs
e três frutas

A dona da loja recebeu-os com grandes manifestações de alegria, ficou contentíssima por eles gabarem os biscoitos de manteiga e ofereceu-lhes outro pacote mesmo antes de saber o que queriam.

— Se eu tivesse mais clientes como o vosso pai era uma mulher feliz!

Não se deram ao trabalho de lhe dizer que não pertenciam à mesma família e trataram de pedir sabonetes e champô. Estava ela a pousar as embalagens em cima do balcão quando entraram na loja três raparigas giríssimas. Duas de certeza eram irmãs, tais eram as parecenças. A terceira, mais alta, mais elegante e ainda mais bonita, tinha uma cabeleira espetacular, pintada de cor de laranja, que lhe caía sobre os ombros.

— Bom dia, bom dia...

Sorriam, simpatiquíssimas.

Como tinham ficado todos a olhar para elas, aproveitaram para pedir uma informação. E que informação!

— Por favor — disse uma das irmãs.
— Alguém nos sabe indicar o caminho para uma casa antiga que há aqui perto e se chama «Casa da Lagoa»?

— Sabemos! — responderam todos os presentes.

— Ah! — concluiu a outra. — Já percebi, são da terra.

— Por acaso não somos. Estamos de férias.

— E, por coincidência, na Casa da Lagoa.

— Então sempre é verdade que nessa casa alugam quartos a turistas?

A pergunta saíra da boca daquela a quem o Chico já batizara mentalmente com o nome de «Laranjona» e por vontade dele teria dito logo que sim, que lhe alugava tudo o que desejasse, só não o fez porque a casa não lhe pertencia e a Glória podia não querer. Como de facto não quis.

— A casa é do meu pai, comprou-a num leilão há pouco tempo e não alugamos quartos.

— Então se calhar não é a mesma que procuramos. Há outra casa com o mesmo nome aqui na zona?

Quem respondeu desta vez foi a dona da loja:

— Não. Nem na zona nem perto. É a única. Pertenceu a um inglês e esteve abandonada muitos anos...

As raparigas trocaram os olhares de quem confirma uma informação.

— Exato. Foi isso que nos disseram.

— Mas garantiram que o comprador resolveu alugar quartos a turistas durante o verão.

— E como gostamos de ambientes fora do habitual, resolvemos vir cá passar uns dias. Apetecia-nos tanto.

Mostravam-se contristadas. Chico puxou a Glória de parte e segredou-lhe:

— Achas que o teu pai se importava que lhes alugasses quartos por uma ou duas noites?

— Acho que adorava, eu é que não quero.

— Porquê?

— Porque se as vê é bem capaz de armar em engraçadinho com as três e fazer figuras de parvo.

«Que pena!», pensou o Chico de si para consigo. «Eu podia perfeitamente "esparvoar" também.»

Afastara-se ligeiramente para lhes dar lugar ao balcão e observava-as cada vez mais encantado.

— Brincam com os cães, falam que se fartam, já puseram a malta a rir, além de giras são fixes. Para sua grande alegria, a «Laranjona» convidou-os para fazerem um piquenique à beira da lagoa, e isso todos aceitaram. Compraram pão, manteiga, queijo, garrafas de sumos e lá foram pôr tudo em cima de uma toalha aos quadrados que as três raparigas estenderam na relva e cobriram de petiscos que traziam na mala do carro. Seguiram-se horas de convívio animadíssimas. Nadaram imenso, comeram imenso, divertiram-se imenso, sem nunca terem oportunidade de contar a história da múmia porque as raparigas falavam pelos cotovelos, riam à gargalhada, a certa altura puseram-se a cantar e a tocar viola de modo que eles passaram à categoria de espectadores. Chico aproveitou a cantoria para revelar ao Pedro e ao João que nome atribuíra à preferida.

— Por causa do cabelo e não só, escolhi Laranjona.

Eles acharam piada e resolveram batizar também as duas irmãs.

— Já agora, continuamos na fruta, não?

— Sim — disse o Pedro —, mas com ligeiras alterações significativas. A mais magra fica... a... Cerejina?

— Boa! E a outra?

— Tangerina?

— Isso não altera nada.

— Já sei! — exclamou o João, divertido.

— Ela chama-se Alda, não é? Muda para «Tangerinalda»!

A cumplicidade risonha dos amigos chamou a atenção das gémeas.

— De que é que estão a falar?

— De nada. Quer dizer, nada de especial!

— Estávamos a discutir fruta. Apetecia-me uma laranja.

— Não acredito — respondeu a Teresa.

— Em todo o caso, apanha aí!

Retirou a maior que havia no cesto e arremessou-lha pelo ar. Ele agarrou-a em pleno voo.

— Espero que seja sumarenta!

— Já vos topei — murmurou a Luísa.

Glória intercetou o tipo de olhares e sorrisos que só são possíveis entre amigos de longa data e desejou ardentemente pertencer àquele grupo. Por isso, como as três raparigas voltaram a falar na Casa da Lagoa e a dizer quanto gostariam de a conhecer, convidou-as para jantar, na intenção de fazer um agrado ao Chico. Elas aceitaram de imediato e com grandes manifestações de alegria.

— És uma querida!

— Adoramos ir!

— Obrigada, obrigada!

A ideia de um jantar animado agradou a todos, mas o Chico gostaria de as transportar de barco para exibir os músculos e dotes de remador. Ainda lançou uma mirada à frágil embarcação pintada de vermelho e logo desistiu.

— Não podemos é levá-las na canoa, porque não cabem — desculpou-se com um encolher de ombros.

— Isso não é problema. Vamos pôr as malas no turismo de habitação que a dona da loja recomendou e daqui a nada aparecemos. Só precisamos de saber o caminho.

— É muito fácil. Basta contornarem a lagoa seguindo a estrada de terra batida e vão lá dar. O nome está escrito no muro que tem um portão ferrugento.

— O.K.! Até logo.

Na viagem de regresso conversaram quase todo o tempo sobre as três novas amigas e fizeram planos especiais para as impressionar.

— Quando elas chegarem mostramos tudo, menos o aposento secreto que fica para o fim.

— Ótimo! E só lá vamos depois de escurecer.

— Para as assustar com a história da múmia.

— Se calhar não acreditam.

— Se não acreditarem, paciência.

— Paciência, não. Hei de insistir até perceberem que é verdade.

— E se for preciso, os guardas podem confirmar e elas ficam a babar-se de admiração por nós.

O plano foi executado tal e qual como estava previsto. Elas chegaram ainda com luz do dia na maior excitação.

— Estamos curiosíssimas, curiosíssimas!

É sempre muito agradável mostrar às pessoas aquilo que elas estão ansiosas por ver, mas a euforia começou a fazer uma certa confusão ao Pedro. Porquê tanto entusiasmo por um casarão antigo e abandonado há anos? E quem lhes teria dito que o novo comprador alugava quartos a turistas? Algum amigo, ou amigos do pai da Glória? Mas para quê, se não era verdade? Por sua vez, curioso, resolveu perguntar. Não pôde fazê-lo por não se lembrar dos nomes, só das alcunhas que lhes tinham atribuído e ainda gaguejou:

— Ó Laran...j...â...â...

Chico e João perceberam perfeitamente o equívoco, riram à socapa e sopraram-lhe em voz baixa

— A Laranjona chama-se Patrícia.

Nessa altura estavam a deambular pelas salas cá de baixo e elas realmente pareciam muito interessadas em tudo. Vasculhavam cada recanto e pegavam no que lhes apetecia sem cerimónia, passando umas às outras loiças velhas, castiçais lascados, estatuetas, molduras com fotografias desbotadas, frascos de vidro num autêntico delírio, como se fossem preciosidades.

— Olha que bonito!
— E este é o máximo.
— Que original!

Na sala de jantar abriram os armários e as gavetas, derretendo-se diante dos copos e talheres desirmanados. Os cães acompanhavam-nas, e elas não lhes poupavam festas na cabeça, no dorso, nas orelhas.

— O *Faial* é lindo! Eu também já tive um pastor-alemão. Uma fera, mas este é manso, não é?

— Para os amigos, sim. Para os inimigos não.

— Claro, claro. Mas nós somos amigos, não é querido?

Ajoelhada no tapete, Tangerinalda abraçou o *Faial* pelo pescoço e João exultou:

— Você gosta dele e ele gostou de si.

A irmã tinha pegado no *Caracol* e afagava-lhe o pelo.

— Que macio! Que sedoso!

Pedro olhou para as gémeas e percebeu que a Cerejina, através do cão, conquistara as donas. E mais desconfiado ficou.

«Porquê estes exageros?», pensava. «Serão naturalmente exagerados ou encasquetaram que haviam de dormir cá e estão a tentar tudo para a Glória as convidar?»

Lançou uma mirada à Glória, teve a certeza de que não as convidaria e até lhe pareceu que partilhava as suas dúvidas pois não é habitual as visitas comportarem-se assim. No entanto, lá foi abrindo e fechando as portas de todos os compartimentos. Só não abriu a do quarto onde tinham dormido todos juntos.

— Aqui só há colchões e roupa a monte, não vale a pena entrar — explicou.

— Não te preocupes, nós também somos desarrumadíssimas.

Glória manteve a recusa e levou-as à saleta da máscara. Então é que elas ficaram ao rubro.

— Uma máscara de teatro grego!
— Que assombro!

Mais uma vez sem qualquer cerimónia retiraram-na da parede e todas lhe quiseram pegar.

— Já viram bem a expressão de tragédia nestes olhos e nesta boca?

— Tem qualquer coisa de mágico...

— Se tem — disse a Teresa. — Quando chegámos provocou muitos pesadelos.

Os olhos das três cintilaram de forma estranha.

— A sério? Contem lá!

Impossível resistir, despejaram a história da máscara, dos gemidos, do homem de guarda-chuva, terminando com a descoberta do quarto secreto e da múmia. Elas escutavam-nos num silêncio ávido, como se lhes sorvessem as palavras uma por uma a fim de as saborearem melhor.

Pedro voltou a sentir os espigões da desconfiança.

— Um caso destes deixa qualquer pessoa embasbacada, não é para admirar que estejam pasmadas, mas se são do tipo que fala sem parar, será natural que não tenham feito nem uma pergunta nem um comentário? Não sei ao certo porquê, mas estas três «peças de fruta» soam-me a falso.

Capítulo 9

Sem descanso

Pedro gostaria de partilhar as dúvidas com os amigos, mas como no meio delas não era possível limitou-se a seguir o grupo que se encaminhava para o jardim.

A noite caíra, para reforçar o ambiente de mistério não acenderam a luz da arrecadação, e subiram em cortejo à luz de velas para o quarto secreto onde voltaram a descrever o choque do encontro com a múmia.

— Eu ia desmaiando!
— Eu fiquei com falta de ar!
— Que sorte — disse a Cerejina. — Descobrir uma coisa dessas, sem fazer a mínima ideia de que existia, foi com certeza uma experiência fantástica!
— Quem me dera ter assistido! — declarou a irmã. — Quem me dera!

Ali dentro voltaram a comportar-se à sua maneira bizarra, pois enquanto falavam iam apalpando as prateleiras e martelando as paredes como se estivessem à espera de desencantar mecanismos ocultos e, sobretudo, como se aquele espaço fosse delas. O resultado da atividade frenética foi regressarem todos ao jardim cobertos de pó de caliça. As gémeas sacudiram-se, Glória quis ir lavar a cara, João teve um ataque de tosse, mas as visitantes nem se mostraram afetadas, nem menos animadas.

— Bem nos tinham dito que esta Casa da Lagoa era uma caixa de surpresas...

Pedro aproveitou a deixa:

— Quem é que vos disse isso?

— Foi um rapaz que conhecemos há pouco tempo... ai, tenho o nome debaixo da língua. Ó Patrícia, como é que ele se chama?

— Augusto Morais.

— Eu acho que era Moreno. Augusto Moreno.

Os outros não prestaram grande atenção por já estarem na cozinha às voltas com o jantar. Só Pedro ficou convencido de que elas, por qualquer motivo, não queriam dizer o nome verdadeiro e tinham inventado um tal Augusto à pressa. Mas porquê?

Sentados à volta da mesa, em cadeiras e bancos, tornou-se óbvio que as três comiam com o mesmo dinamismo que lhes era próprio, imenso, à bruta, quase sem mastigar. Falavam de boca cheia, e agora não se cansavam de fazer perguntas sobre o presente e sobre o passado.

— O que sabem sobre o inglês que foi dono da casa?

— E sobre os tais roubos nas escavações da Grécia e do Egito?

— Porque roubar, roubou de certeza. E a múmia é uma prova!

— Sim — disse o Chico. — Mas não sabemos mais nada. Quem devia saber era o homem do guarda-chuva. O mais certo é ter ido levando outras peças roubadas, ontem à noite pifou as últimas e pirou-se.

— O que, vendo bem, não tem importância — disse a Laranjona. — Este sítio é lindo e a casa um lugar especial. Vão passar aqui férias ótimas.

— Pois vamos.

— Ficam cá muito tempo? — perguntou a irmã.

— Ainda não sabemos — respondeu o

Pedro de chofre. — Quando o pai da Glória vier é que se combina.

O grupo interpretou a resposta pronta e brusca como sinal de que o Pedro estava farto daquelas três mulheres que não se calavam e mexiam em tudo.

«Quer que se vão embora», concluíram as gémeas, percebendo de repente que também lhes apetecia vê-las pelas costas. Então começaram a bocejar.

— Buáá... que sono! Tanto nadei à tarde que estou mole.

— Preciso de me ir deitar!

A estratégia funcionou, as duas irmãs levantaram-se, só Patrícia permaneceu sentada um instante, depois olhou para a Glória e pediu:

— Deixa-me ir ver outra vez a máscara de teatro grego, gostava de a ver uma última vez antes de sair.

O pedido insólito fez erguer vários pares de sobrancelhas pelo que se sentiu na obrigação de explicar:

— Eu sei que parece uma patetice, mas se me levares à saleta, apresento os meus motivos. E não custa nada, pois não?

Endereçou-lhe um sorriso insinuante que

abrangeu também o Chico e foi ele quem respondeu.

— Claro que não custa. Se queres sonhar com aquela pavorosa carantonha, eu levo-te lá.

— E eu acompanho-vos — decidiu a Glória, disfarçando a contrariedade.

As gémeas solidarizaram-se, o Pedro e o João também, as duas irmãs não quiseram ficar para trás, acabaram por ir todos de novo até à saleta e de novo as visitantes se mostraram deslumbradas com a peça de gesso, não resistindo a tirá-la da parede para a verem e reverem, mexerem e remexerem numa contemplação muda. A certa altura, Patrícia suspirou, engoliu em seco, tomou balanço e abriu o jogo:

— Nós as três pertencemos a um grupo de teatro amador. Há séculos que andamos à procura da peça ideal para decorar a sede. E hoje viemos encontrá-la aqui. Vocês acham a máscara horrenda, nós achamos que é linda, sugestiva, inspiradora. Se aparecêssemos com ela na sede ficava tudo louco de alegria e nós fazíamos o maior sucesso. Queres vendê-la, Glória?

— Não posso. A casa e as tralhas que estão cá dentro não são minhas, são do meu pai.

— E ele importava-se?

— Não sei, só perguntando.

— Podias fazer-lhe uma surpresa — arriscou Tangerinalda. — Isto em termos materiais não vale nada, mas nós podemos pagar uma quantia razoável. Quando ele chegasse, dizias-lhe que fizeste um bom negócio.

— Aposto que ficava orgulhoso de ti — insistiu a irmã.

Glória franziu o sobrolho e abanou a cabeça negativamente com ar bastante chateado.

— Tenham paciência, mas eu não vendo coisas que não são minhas por preço nenhum. Quando o meu pai chegar, se vocês ainda por aí andarem e se por acaso o vierem a conhecer, façam-lhe as propostas que entenderem e ele resolve, *ok*?

Falara num tom bastante ácido. Pedro preparou-se para ajudar a pôr um ponto final naquela cena embaraçosa, mas não foi preciso porque as três intrusas também compreenderam que não valia a pena insistir e optaram por ir embora antes que o ambiente azedasse. Penduraram a máscara, distribuíram beijinhos e festas aos cães, e dirigiram-se à porta agradecendo o jantar.

— Obrigadíssima!
— Adorámos!
— Até qualquer dia!

O grupo assistiu à partida em silêncio, acenaram até o carro se afastar e só depois se voltaram uns para os outros, prontos a cruzar opiniões sobre o estranho serão.

— Olhem lá, hoje à noite não houve nada que vos soasse a falso? — perguntou o Pedro.

— Houve — disse a Glória. — Mas espera aí, que vou num instante ao quarto buscar o carregador do meu telemóvel que está sem bateria.

Ouviram-na subir a escada a correr e logo a seguir soltar um berro monumental:

— Aiii! O que é isto?

«Isto» era uma mensagem escrita com letras vermelhas na parede. E dizia o seguinte:

Esta casa vibra de maldição
Aproxima-se a hora.
Perigo de morte

Glória estremecera ao dar com os olhos nas palavras e ficara petrificada, mas o quarto sofrera outras transformações e absolutamente disparatadas: os colchões estavam todos empilhados num canto, a roupa deles tinha sido enfiada à matroca nas mochilas que ostentavam letreiros com duas palavras, também escritas a vermelho: «Fora daqui!»

Capítulo **10**

Gritarias e teorias

Glória desatou num choro convulsivo:

— Quero ir-me embora, vamos embora antes que aconteça qualquer coisa de mal!

Completamente descontrolada, pôs-se de novo a ligar à toa para o pai, para a mãe, para os tios, sem se aperceber de que naquela zona da casa não havia rede. A par das ligações, repetia palermices.

— Odeio mensagens, odeio casas velhas, odeio letras vermelhas, odeio férias, odeio tudo!

Pedro tirou-lhe o telemóvel das mãos e passou-lhe o braço à volta dos ombros.

— Calma, calma!

Ela encostara a cabeça no peito dele, e soluçava. Por entre os soluços, escapavam-lhe alguns queixumes sincopados

— Ni...guém... quer... snif...snif... saber de mim... snif...

Chico resolveu intervir à sua maneira prática. Segurou-lhe a cara pelo queixo, obrigou-a a fitá-lo e a ouvi-lo.

— Nós queremos imenso saber de ti. Adoramos férias, casas antigas e... e...

— E? — perguntou ela ainda chorosa.

— Mistérios, Glória! Adoramos mistérios! Não há maldições nenhumas, o que há é um mistério fantástico que nós vamos divertir-nos ao máximo a desvendar.

Virou as mochilas ao contrário e despejou a roupa toda no chão. Depois desatou a atirar camisolas e sapatos de ténis pelo ar e a arremessá-los para as gémeas e para o João.

— Apanhem este! Grande defesa! Bola ao centro! Golo!

Por entre as lágrimas já brilhavam sorrisos que por pouco não se apagavam de vez, pois o Chico, naquele estardalhaço de voltas e reviravoltas, sem querer acertou nas mãos do Pedro, o telemóvel dela voou até ao teto e caiu ao chão desfeito em bocados de vários tamanhos.

— Chico! E agora?

— Agora, não há problema. Se quiseres ligar a alguém, empresto-te o meu.

— Mas eu não sei os números de cor, estavam gravados...

João ainda tentou recompor o aparelho mas não conseguiu.

— Nada a fazer. Estragou-se.

— E ainda bem. Assim tens de alinhar connosco, à nossa moda, e quanto mais depressa entrarmos em ação, melhor.

As gémeas acenaram que sim. Tinham-se encavalitado na pilha de colchões e fizeram uma proposta:

— Já percebemos que nos querem assustar, vamos ficar à coca a ver se a pessoa volta e descobrimos quem é.

— Sim. E, enquanto esperamos — disse o Pedro —, vou apresentar-lhes uma hipótese que se calhar não vos ocorreu.

Sentou-se também em cima de umas almofadas, os outros instintivamente deixaram-se descair ao acaso nos sacos-cama e nos amontoados de roupa, certos de que vinha lá «uma teoria» interessante.

— Então?

— Cá para mim, quem nos quer assustar não é só uma pessoa, são três.

Para criar suspense, fez uma pequena pausa e continuou:

— As três que jantaram connosco!
Respondeu-lhe de imediato um coro de vozes espantadas que não conseguiam completar as frases porque se entrechocavam.
— Ó Pedro...
— Como...
— Não pode ser...
— Ouçam-me até ao fim, está bem?
Só retomou a palavra quando se calaram.
— Desconfiei delas a partir do momento em que puseram o pé nesta casa porque se comportaram de uma maneira esquisitíssima. Vocês já viram alguém que chega de visita pôr-se a abrir gavetas, armários, mexer em tudo, gabar coisas velhas que não prestam para nada?
— N...ão.
— E há outro pormenor importante. Para quê fazer tantas festas aos cães?
— Talvez gostem de animais — arriscou o João.
— Talvez. No entanto, tiveram o cuidado de perguntar se o *Faial* era manso ou bravo...
— Lá isso é verdade.
— E depois, no quarto secreto, fartaram-se de apalpar as prateleiras, as paredes...

— A ver se encontravam passagem para outro quarto secreto ainda cheio de preciosidades? — sugeriu a Luísa.

— Exato. Essa ideia faz parte da minha hipótese.

— Que não bate certo — disse o Chico. — Porque a mensagem no espelho já cá estava quando entrámos pela primeira vez nesta casa e elas só chegaram à aldeia hoje de manhã.

— Como é que sabes?

Ele ficou calado um instante a pensar e concluiu:

— Realmente, não sei. Podiam conhecer a casa e a história do inglês, ter andado por aí a coscuvilhar até descobrirem o quarto secreto...

— E quando receberam a notícia de que a casa tinha sido vendida, escreveram a mensagem no espelho — acrescentou a Glória já de olhos enxutos e com a deliciosa sensação de finalmente integrar aquele grupo solidário e detetivesco.

— E o homem do guarda-chuva?

— Se calhar não era um homem, eram três mulheres.

— Impossível. Um guarda-chuva não tapa três pessoas.

— Podia ser só uma e as outras já irem à frente.

— Sim...

— Bom, são tudo hipóteses — declarou o Pedro. — No entanto admito que tenham sido elas a tentar assustar-nos com a mensagem no espelho e com os barulhos. Como não conseguiram, resolveram seguir-nos até à loja da aldeia e fizeram uma cena para se tornarem simpáticas e para se enfiarem cá em casa.

— A tua hipótese continua com uma falha, Pedro.

— Qual é, Teresa?

— Elas não podem ter feito nada neste quarto porque nunca as deixámos sozinhas desde que apareceram para jantar connosco.

— E quem te disse que não trataram do assunto hoje de manhã enquanto viajámos de canoa até à aldeia? Se nos rondavam a porta, podem perfeitamente ter aproveitado a nossa ausência para se meterem cá em casa, deixarem mensagens e trapalhadas neste quarto.

As últimas frases pareciam rematar a hipótese do Pedro na perfeição. Em todo o caso valia a pena rever mentalmente tudo o que tinham dito e procurar outras possíveis falhas. Não encontrando nenhuma, o Chico soltou uma espécie de suspiro.

— Tão giras e tão simpáticas, que pena serem umas aldrabonas.

— Espera aí, por agora são só teorias. Para tirar conclusões temos que ficar alerta a ver se aparecem e «voltam a atacar» com uma parvoíce qualquer.

— Elas ou outra pessoa — atalharam as gémeas. — Porque seja quem for que ande a espiar-nos já fez tantas que não vai desistir.

— E pode muito bem voltar hoje a meio da noite.

— Acham? — perguntou a Glória, arregalando os seus enormes olhos azuis que já transmitiam susto e entusiasmo em partes iguais.

— Acho. Por isso temos de nos preparar.
— Como?
— Montando vigilância nas várias zonas da casa.

— Só se nos espalharmos.

— Claro. Dividimo-nos a dois e dois. Tu, Glória, ficas com o João e com o *Faial* — decidiu o Pedro.

— Ótimo.
— Vocês, gémeas, desta vez separam-se. Uma fica comigo, a outra com o Chico.
— E o *Caracol*?
— Tanto faz.
— Então fica connosco.
— Está bem, Luísa.
— Eu sou a Teresa.
— Quem vos mandou serem iguaizinhas?
— A Natureza. Não temos culpa e gostamos de ser assim.
— *O.K.* Agora deixem-se de filosofias e ouçam o meu plano de vigilância.

Pedro escolheu os locais onde cada equipa se devia instalar e recomendou que combinassem entre si horas de sono e de sentinela.

— Os cães dão sinal.
— Pois é, João. De qualquer maneira convém fazermos um esforço para que na equipa haja sempre pelo menos um acordado e pronto a chamar os outros.
— Eu não tenho sono nenhum e acho que não vou dormir toda a noite.
— Nem eu.
— Melhor. Mas mantenham-se em silêncio e de luz apagada.

Separaram-se já às escuras, aproveitando a claridade ténue coada pelas janelas embaciadas. Rumo ao posto de sentinela que lhes fora atribuído, sentiam a boca seca e as batidas do coração aceleradas devido à expectativa de grandes acontecimentos noturnos. Instalaram-se convencidos de que não pregariam olho.

— Quieto, *Caracol* — ordenou a Teresa em surdina.

— Quieto, *Faial* — ordenou também o João em voz baixa.

A espera prolongou-se. Imóveis, mudos e às escuras, afinal foram adormecendo um a um e até os cães se deixaram levar pelo sono. Tal era a quietude que nenhum deles ouviu os primeiros rumores junto à porta da cozinha.

Capítulo 11

Sobressaltos

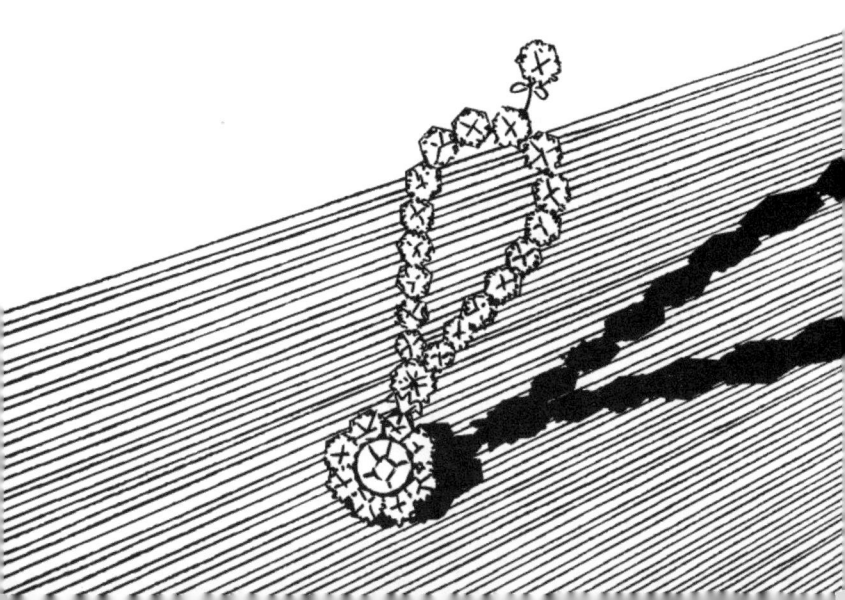

A primeira a erguer as pálpebras foi a Glória e ficou de tal forma espavorida que perdeu a voz e os movimentos. Rígida como uma estátua de pedra, não tirava os olhos do *Faial*, que se erguera e rosnava baixinho.

— Estou acordada ou a dormir? Isto é sonho ou está a acontecer?

Os ruídos ligeiros e intervalados pareciam vir da cozinha.

«É alguém a tentar entrar em casa», pensou. «Tenho de fazer alguma coisa...»

No sofá ao lado o João continuava no melhor dos sonos e pelos vistos nenhum dos outros ainda dera por nada.

— Se eu gritasse?

Impossível, a voz não lhe saía da garganta.

«Clic... zarp... crac...», a porta da cozinha rangeu ao de leve.

— Já entraram, já entraram!
De facto, ouvia passos. Sorrateiros, cautelosos, de quem quer passar despercebido. *Faial* começou a ladrar e ela, chamando a si as forças perdidas, abanou o João:
— Acorda! Acorda! Vem aí alguém!
João saltou do sofá a esfregar os olhos, pouco depois apareciam os outros estremunhados e aos tropeções, quase derrubando o *Caracol*, que gania e saltitava por entre as pernas deles.
— Quem está aí? — perguntou o Chico retesando os músculos para o que desse e viesse. — Quem está aí?
Pegara num castiçal de bronze e preparava-se para o atirar à cabeça do intruso se fosse necessário, quando saíram da penumbra as duas simpáticas irmãs que tinham jantado com eles.
— Desculpem, desculpem! — disse a Tangerinalda. — Não queríamos nada acordá-los!
— Por isso é que não batemos à porta! Vocês receberam-nos tão bem, não queríamos incomodar.
Afagavam os cães e sorriam com aquela expressão amigável que os tinha conquistado

à primeira vista e que retirava força às teorias do Pedro.

— Assustaram-se?

— Mais ou menos — respondeu a Glória na intenção de não dar parte de fraca.

Pedro procurava as palavras certas para lhes exigir que explicassem o motivo da invasão furtiva e fora de horas, mas elas adiantaram-se:

— Vocês devem estar a pensar o que estaremos nós aqui a fazer, não é?

— É.

— Viemos procurar um brinco que a Patrícia perdeu hoje à noite.

— Já revolvemos o carro, a casa onde estamos instaladas, a vossa arrecadação e até fomos ao compartimento secreto.

— Demos uma volta pelas zonas do jardim onde circulámos e nada. Como ela está para lá inconsolável porque os brincos são valiosos e de estimação, a última esperança é que o tenha perdido aqui dentro.

— Como a porta da cozinha não estava fechada à chave, pensámos que não fazia mal dar uma mirada sem fazer barulho. Afinal pregámos-lhes um susto! Desculpem!

— Não tem importância — balbuciaram por delicadeza.

Uma delas agachara-se ao lado do *Faial* e abraçava-o pelo pescoço.

— Se achássemos o brinco da Patrícia ela ficava tão contente!

— Vocês são uns queridos. Já que estão acordados não querem dar-nos uma ajudinha? Se o brinco caiu aqui e todos ajudarem, acaba por aparecer.

— Está bem, vamos a isso.

— Talvez rolasse para debaixo do sofá!

Estenderam-se as duas no chão da sala, espreitando e tateando os tapetes e o soalho. O grupo todo imitou-as e passou a pente fino cada recanto a ver se despachavam o serviço o mais depressa possível. *Faial* e *Caracol* iam farejando a compasso, contentes por participar no jogo a que os donos tinham resolvido dedicar-se naquela noite.

A certa altura, porém, dirigiram-se ambos à porta da sala como se tivessem sido atraídos por um íman e soltaram «arfs», mas não saíram para o corredor porque a porta se tinha fechado. Nesse momento a Tangerinalda deu um grito:

— Achei! Não acredito! Que bom!
— Onde é que estava?
— Dentro do sofá! Escorregou por entre as almofadas! A Patrícia vai ficar louca de alegria!

Rodearam-na para ver o brinco que lhes apresentava na palma da mão. Nenhum deles gostou do modelo antiquado, mas de facto devia ser muito valioso.

— Ouro e brilhantes — comentou a Teresa.
— Tantos brilhantes! — comentou a Luísa.
— Por isso é que a Patrícia chorava baba e ranho. Mas agora vai rebentar de felicidade. Obrigada, obrigadíssima!

Lambuzaram-nos a todos de beijos e saíram entre acenos amigáveis.

— Até amanhã! Até amanhã!

Eles ficaram em silêncio. Só depois de ouvirem o carro arrancar fizeram comentários.

— Que é que dizes, Pedro?
— Francamente, não sei.
— Não sabes o quê?
— Se acredito nesta história da Patrícia ter perdido o brinco.

— Quanto a isso não há dúvidas, porque apareceu.

— Pois. Mas ela pode tê-lo deixado cá de propósito para voltarem mais tarde, ou a Tangerinalda trazê-lo no bolso para fingir que o encontrou.

— Achas?

— Acho. Se estivéssemos a dormir ferrados, vasculhavam por aí à vontade. Se nos acordassem, faziam a fita programada.

— Realmente...

— Bom, mas como por agora foram à vida eu vou-me estender a pensar se há ou não há outras explicações para este assunto.

A ideia de se estenderem agradou a todos.

— Mas mantemos a vigilância?

— Claro.

— Nesse caso, para me sentir mais confortável, vou buscar umas bolachas.

Equipados com farnel, retomaram os seus postos. À medida que ferraram o dente nas bolachas escolhidas iam descontraindo e amolecendo. Chico tivera o cuidado de fechar a porta da cozinha à chave.

— Assim não entra mais ninguém.

— Não faltam janelas com vidros — lembrou a Luísa.

— Se alguém partir um vidro, faz barulho e ouvimos.

Ela passeou a vista em redor, aconchegou-se entre almofadões e encostou a cabeça no maior, que era fofo e cheirava a pão.

— Fica tu alerta, para eu descansar um bocado.

Não tardou que um outro tipo de ruído os sobressaltasse, mas não de vidros partidos como receavam. Levantara-se vento e pam...pam...pam... pancadas irritantes de uma janela a bater despertara os que já dormiam.

— Vai lá tu!

— Porquê eu?

— Esta Casa da Lagoa não dá descanso!

Se não estivessem de vigia, bastava um para resolver o problema, agora assim pareceu-lhes melhor irem todos. Juntaram-se no corredor e, orientando-se pelo som, foram dar à saleta da máscara de teatro grego.

— É aqui!

A Teresa deitou a mão ao caixilho que abanava ao sabor do vento antes de acenderem a luz. Estava a rodar o fecho quando o Pedro acionou o interruptor e então, de todas as bocas, saiu o mesmo «ah» de espanto.

— A máscara desapareceu!

Não tiveram tempo de dizer mais nada porque o Chico vislumbrou movimentos suspeitos por entre as árvores.

— Anda ali gente, e desta vez não escapa!

Correu para o jardim seguido pelos amigos e pelos cães que ladravam furiosamente.

— Quem está aí? Quem está aí?

Capítulo **12**

Quem?

Fosse quem fosse, ganhara avanço suficiente para não se deixar ver nem apanhar. Só não lhe perderam o rasto graças ao faro dos cães. O pior é que o fugitivo, ou os fugitivos, escaparam do jardim e embrenharam-se no bosque de mato cerrado que se estendia paralelo ao rio e depois subia por uma encosta ondulada, coberta de plantas espinhosas, onde não era nada fácil avançar. Teresa caiu, Luísa foi ajudá-la a levantar-se e ficou com um braço arranhado, a doer e em sangue. Glória tropeçava a cada instante, os rapazes incentivavam-se apesar de também já terem uma boa coleção de arranhões na cara e nas mãos.

— Por aqui, por aqui!
— Acho que é por ali!
— Onde está o *Faial*?

— Já não o vejo!
— Chama-o!
— *Faial*! *Faial*!
A voz do dono deteve-o mas voltou para trás bastante contrariado.
— Olha! Traz uma farripa de tecido nos dentes!
— Quer dizer que já apanhou...
— Quem?
Acabavam de abrir caminho por entre um maciço de arbustos farfalhudos e agressivos, *Caracol* gania por causa do espinho que se lhe espetara numa pata, o cabelo das gémeas passara de loiro a verde, tal era a quantidade de folhas enredadas na cabeça, e respiravam com dificuldade.
— Não posso mais!
— Nem eu!
— Se quiserem voltem para trás — declarou o Chico. — Eu não desisto!
A última a juntar-se ao grupo foi a Glória. De camisola em fanicos, risco vermelho na bochecha e os olhos azuis a faiscarem alucinados, lembrava uma daquelas almas penadas que vagueiam pela floresta nos filmes de terror. Cambaleava, e o cansaço impedia-a de falar.

— Ag... agh...

As gémeas ampararam-na para impedir que caísse estatelada no chão.

— Calma, calma!

Ela respirou fundo para retomar o fôlego e depois lá articulou algumas palavras:

— Estamos... a... a... cercados. Ouvi passos... mas... atrás de nós.

— Estás enganada — disse o João.
— Olha o que o *Faial* trouxe nos dentes. Abocanhou roupa de alguém que vai à nossa frente. E como tem cheiro é fácil seguir-lhe o rasto.

Encostou-lhe o trapo ao focinho e ordenou.

— Busca, *Faial*! Busca!

Apesar do mato cerrado que tanto dificultava a marcha, o cão pôs-se imediatamente a caminho, cheirando, farejando. Seguiram-no em fila indiana a defenderem-se das plantas e a interrogarem-se. Quem iriam afinal encontrar escondido no bosque? Um homem? Um bando? As três raparigas? Elas e alguns cúmplices? Por entre a folhagem ouviam o som inconfundível de uma cascata, certamente a tal de que o pai da Glória falara. Mas do sítio onde estavam não viam sequer o rio e, como se tinham acumulado nuvens que tapavam a lua, também não viam bem onde punham os pés, nem se havia melhor alternativa para a perseguição.

«Onde será que isto vai dar?», pensavam.

Depois de muito terem esbracejado a abrir sulcos no matarroal cada vez mais espesso e compacto, depararam com uma cabana de madeira quase completamente coberta pelos ramos das árvores em redor e por trepadeiras selvagens que pareciam estar ali há séculos para a irem engolindo a pouco e pouco.

Faial aproximou-se da porta aos saltos, rosnando e ladrando de forma ameaçadora.

— Seja quem for, está lá dentro.

— E vamos saber já quem é — disse o Chico. — Afastem-se!

— Tem cuidado! Podem ser muitos e estar armados!

— Não acredito. Se tivessem armas já tinham desatado aos tiros.

Sacudiu-se, tomou balanço e deu uma violenta patada na porta de madeira que «vlanc» cedeu ao primeiro embate.

— Espera, Chico! Não entres! — gritou-lhe o Pedro. — Podes levar uma machadada na cabeça ou uma facada no peito!

Ele olhou para trás e ergueu as sobrancelhas.

— Então fazemos o quê?

João, à cautela, segurava o *Faial* pela coleira. As gémeas, encostadas uma à outra, tinham pegado no *Caracol*. Glória, apoiada no Pedro, esforçava-se ao máximo para ele não perceber que tremia. Todos fitavam a cabana decrépita convencidos de que só podia servir de esconderijo a criminosos pois gente normal nunca iria para ali.

— Ou saem de mãos no ar ou soltamos os cães — arriscou o Pedro armado em bom.

João segredou qualquer coisa ao *Faial* que redobrou os rosnidos ameaçadores.

— Vou contar até três. Um... dois...

Antes que o Pedro tivesse tempo de dizer «três», a lua espreitou por entre as nuvens e apareceu à porta o último tipo de homem que esperavam ver surgir pela frente. Baixo, magríssimo, com roupa a precisar de água e sabão, cabelo às farripas oleosas, barba de vários dias e olhar apavorado, parecia-se muito mais com um

sem-abrigo paupérrimo e infelicíssimo do que com um criminoso capaz de os receber à machadada. Fitava-os de braços erguidos, numa atitude de rendição, de abandono e com lágrimas a tremelicar nas pálpebras inferiores.

A surpresa foi tal que ficaram quietos e mudos, sem saber como interpretar o desfecho da perseguição noturna. Teriam ido parar ao sítio certo?

Concluíram que sim logo que ele começou a falar.

— Pronto, apanharam-me — repetiu várias vezes a morrer de tristeza. — Já percebi, não há nada a fazer, vou para a cadeia, vou preso por causa de um crime que não cometi.

As lágrimas escorriam-lhe agora pela cara abaixo.

— Armaram-me uma cilada! Não valeu a pena fugir, não valeu a pena esconder-me. Nem neste casebre da mata escapo à pior das injustiças! Não tenho sorte nenhuma!

Perplexos, emudeceram. Pedro aconchegou os óculos no nariz, engoliu em seco e por fim perguntou-lhe:

— Desculpe lá, você não acha que roubar é crime?

— Claro que é! Mas nunca roubei nada a ninguém. Não fui eu!

— Então quem foi?

— O pior dos malandros. Tramou tudo para se encher de dinheiro e atirar as culpas para cima de mim.

— Quer dizer que o seu sócio se abarbatou com o dinheiro da venda das peças antigas que vocês roubaram da Casa da Lagoa e pirou-se?

O homem reagiu com tão viva indignação que ou era um grande ator ou não percebia de que estavam a falar.

— Peças antigas? Na Casa da Lagoa? Só lá há velharias sem préstimo nenhum!

— Então confessa que esteve lá dentro.

Ele acenou que sim.

— Confesso.

— E não limpou as prateleiras do quarto secreto onde estava a múmia?

Desta vez ficou de boca aberta, e gaguejou:

— Mú...mia? Que múmia? Só vi múmias em filmes sobre o Egito.

A conversa estava a tornar-se desconchavada. Pedro resolveu fazer uma proposta que podia facilitar os esclarecimentos.

— Se o senhor não tem nada a esconder, deixe-nos entrar na cabana.

— À vontade. Entrem e vejam a miséria em que estou a viver.

Capítulo 13

Porquê?

A cabana só tinha uma divisão retangular e a única fonte de luz era uma lanterna pendurada na parede, que o homem se apressou a acender. Bastava uma olhadela rápida para terem a certeza de que não mentira pois tudo ali dentro tinha péssimo aspeto. As paredes, feitas com tábuas de madeira, enfiavam-se diretamente no chão de terra batida. Caixotes velhos serviam de suporte a um colchão de pano às riscas igualzinho aos da Casa da Lagoa mas com um rasgão lateral por onde saíam tufos de palha.

— As únicas coisas que trouxe da vossa casa foram este colchão a desfazer-se, um banco, a lanterna e aquele guarda-chuva de modelo antigo que encontrei na despensa — explicou, apontando os objectos um a um.

O guarda-chuva estava fechado e encostado à parede do fundo. Chico reviu mentalmente a cena em que o avistara em fuga pelo jardim e não teve dúvidas, era o mesmo.

Os outros olhavam em volta, estupefactos. Seria possível que o homem estivesse disposto a ficar a viver ali sem casa de banho, sem cozinha, sem água canalizada e sem luz elétrica para fugir à polícia? E quanto tempo aguentaria?

— Como veem, não há riquezas nem sítio para as esconder.

Instintivamente o Pedro olhou a cama improvisada, ele percebeu, ficou ofendidíssimo e deu um pontapé nos caixotes.

— Revistem o que quiserem! Eu sou um tipo decente, nunca roubei nada!

O grupo ainda hesitou, mas Pedro foi de opinião que era indispensável virar os caixotes ao contrário e revolver a palha do colchão para se certificarem de que ele não mentia.

— Lamento, mas faço questão de verificar.

Olhou os amigos e pediu:

— Ajudem-me e fazemos isto num instante.

De facto, não precisaram de muito tempo para virarem tudo do avesso e concluírem que pelo menos ali não havia sombra de máscara grega ou de antiguidades. O homem sentara-se no banco, de cotovelos apoiados nas pernas e queixo nas mãos. Os cães sentaram-se ao lado, o grupo espalhado em volta não sabia que rumo dar à conversa e mais uma vez foi Pedro quem tomou a iniciativa.

— Desculpe lá, mas esta história não tem ponta por onde se lhe pegue. Faça o favor de explicar por que raio se veio esconder nesta cabana.

— Já disse e torno a dizer. Fui acusado de um crime que não cometi e não quero ir para a cadeia.

— Que crime?

— Roubo. No escritório onde trabalho desde sempre há um cofre que costuma estar bem fechado, por isso só o chefe lhe pode mexer. Um dia deu-me a chave e pediu que fosse ao cofre buscar uns papéis. Eu, tão estúpido, fui e deixei as minhas impressões digitais na porta. Então o chefe voltou ao escritório de noite, limpou o dinheiro todo do cofre, mas fez o serviço com luvas. No dia seguinte deu o alarme, as únicas impressões digitais que a polícia encontrou foram as minhas, acusaram-me, ia ser preso, fugi.

— Para esta espelunca?

— Não. Primeiro instalei-me na Casa da Lagoa.

— Porquê?

— Porque sabia que estava abandonada desde que morreu o dono, um tal inglês de quem se falava muito. Quando era miúdo vivi numa aldeia próxima. Como todos os miúdos, gostava de explorar locais solitários. Andei por aí à coca a ver se apareciam os herdeiros, como não apareceram enfiei--me lá dentro muitas vezes para me divertir. Mais tarde fui trabalhar para a cidade, mas geralmente nas férias passava por cá e não resistia a dar uma espreita. Não tenho família, de certo modo a Casa do Lago funcionava para mim como refúgio secreto ou até mais do que isso. Aquelas paredes acolhiam-me com a ternura de uma tia velhota que se visita de longe a longe, compreendem? Por isso, quando me vi aflito, não pensei duas vezes e corri para lá.

Soltou um suspiro e acrescentou:

— Pensei que ali não me apanhavam porque conheço cada recanto e há por lá bons esconderijos.

— Como, por exemplo, o quarto secreto, atrás de uma parede, para onde se entra pela arrecadação?

— Claro. Essa até foi a descoberta que mais me entusiasmou.

— E não estava lá nada?

— Estavam prateleiras vazias e uma arca enorme fechada à chave. Tentei abri-la várias vezes, não consegui.

— Conseguimos nós — gabarolou-se o Chico. — Sabe o que estava lá dentro? Uma múmia!

O homem mostrou-se tão espantado que tiveram que lhe contar tudo. E ele de boca aberta.

— Então sempre era verdade o que se dizia, o inglês roubou mesmo peças das escavações do Egito e da Grécia. Mas roubar uma múmia? Como é que se traz uma coisa tão grande oculta na bagagem?

— Isso também não sabemos. O polícia, no entanto, não achou nada estranho e disse que há muitas tralhas enormes a atravessar fronteiras sem autorização.

— Bom, deixemo-nos de múmias e complete a sua história.

— É simples. Fugi. Escondi-me na Casa da Lagoa. De vez em quando disfarçava-me para ir comprar comida às aldeias em redor, sempre a aldeias diferentes para não me tornar notado nem deixar pistas. Um dia, numa loja, ouvi dizer que a casa tinha sido vendida e que o dono não tardava aí. Então pisguei-me para o bosque que também conheço como as minhas próprias mãos. Trouxe o colchão, o banco, a lanterna e, como naquela tarde chovia a potes, trouxe o guarda-chuva e instalei-me na cabana.

Envergonhado, baixou os olhos para confessar:

— Deixei uma mensagem escrita no espelho a ver se assustava os novos donos. Tinha esperança de que fossem embora e eu pudesse recuperar o meu esconderijo porque este é um horror...

— Não se limitou ao espelho, pois não?

— Não. Continuei à espreita, vi-vos chegar, percebi que vocês não se assustavam com facilidade, por isso voltei de noite ao quarto secreto para fazer ruídos fantasmagóricos. Como não serviu de nada, usei outras táticas.

— Empilhar colchões, enfiar as nossas roupas nas mochilas e deixar etiquetas a dizer maldição, perigo de morte?

— Exato. Aproveitei quando saíram de canoa.

Fez-se silêncio, o grupo olhou para o Pedro a tentar perceber se ele tinha acreditado no que o homem contara e pela expressão pareceu-lhes que sim. Não se enganavam, pois logo a seguir confirmou:

— O que nos disse tem lógica, soa a verdade e não lhe encontro falhas. Mensagens, ruídos, ficou tudo explicado. Só falta saber...

— O quê? — perguntou o homem pouco à vontade.

— Quem roubou a máscara.

— Que máscara? Eu não sei nada de máscaras!

Tal reação mostrou bem até que ponto se sentia nervoso e com medo de se ver envolvido em mais trapalhadas. Mas quando a Teresa lhe falou na máscara de teatro grego que tinha desaparecido da parede da saleta sem eles perceberem como, relaxou.

— A... sim, uma carantonha horrorosa, não é? Lembro-me de a ver, mas é de gesso, não vale nada.

— Pois, mas alguém a levou, ela sozinha não anda. E esse é o único pormenor que não encaixa no seu *puzzle*.

Glória interveio com uma proposta:

— O melhor é voltarmos para a Casa da Lagoa e procurar a máscara. Pode estar para lá caída no chão. E o senhor vem connosco. O meu pai deve chegar amanhã, conhece imensos advogados simpáticos, tenho a certeza de que arranja alguém que o defenda.

A cara do homem abriu-se num sorriso de gratidão.

— Quer dizer que acreditas em mim? Vocês acreditam que estou inocente?

Se não lhe responderam foi porque os cães desataram a ladrar furiosamente.

Segundos depois ouviram uma restolhada lá fora e, através da única janelinha minúscula, vislumbraram um grupo de três ou quatro encapuçados a emergir do matarroal. E o pior é que um deles vinha de pistola em punho. Mal chegou perto da cabana pôs-se aos berros:

— Segurem os cães e saiam de mãos ao alto! Se soltarem os cães, serão todos abatidos um por um!

A voz, masculina e áspera, pertencia obviamente a um indivíduo habituado a fazer ameaças. Que reforçou com dois tiros para o ar. O estampido ecoou pela floresta e deixou-os sem pinga de sangue. Quem seria aquela gente? E porquê as ameaças?

— Temos de fugir — disse o homem.
— Temos de fugir.

Embora lívido e trémulo, empurrou-os.

— Vamos embora! Vamos embora! Se confiam em mim, não façam perguntas e venham comigo!

Confiassem ou não, tinham de segui-lo porque o tiroteio continuava. O problema era não verem saída nenhuma, pois a cabana só tinha uma porta.

— Calem os cães para eles julgarem que obedecemos e não perceberem logo que vamos fugir.

— Por onde?

Capítulo 14

O segredo da cascata

— Por aqui!

Empurrou uma das tábuas da parede de trás, que cedeu por só estar pregada no topo.

— Calem os cães — repetiu. — E saiam de gatas! Vá, depressa!

As raparigas esgueiraram-se pela abertura com o *Caracol* e o *Faial* já dominados. João segui-os, Pedro também, Chico deixou-se para o fim, apagou a lanterna e arrancou-a do prego. O homem rematou o cortejo, soltando a tábua devagarinho para que não rangesse e pediu:

— Deixem-me ir à frente para lhes indicar o caminho.

Acotovelou-os e tomou a dianteira, por entre uma zona da mata tão densa que se diria nunca ter sido atravessada por seres humanos.

— Não façam barulho — insistia em surdina. — Não façam barulho!

Arrebanhara o guarda-chuva e transportava-o bem fechado e apertado debaixo do braço, o que lhes pareceu inútil mas não era boa altura para se preocuparem com detalhes:

— Depressa, depressa...

Os assaltantes estranharam o silêncio súbito dentro da cabana e o facto de a luz se ter apagado. Convencidos de que talvez lhes estivessem a preparar uma armadilha, continuaram aos tiros e aos berros:

— Nada de truques ou vão dar-se mal, muito mal!

«Pam! Pam! Pam!»

O compasso de espera permitiu que se afastassem da cabana rápidos e furtivos como coelhos a fintar caçadores.

Por entre as nuvens, uma ponta de lua derramava luz prateada sobre a folhagem de cheiro fresco e suave, que seria agradável se andassem a passear. E a cascata cantava, cada vez mais perto. Adiante, tropeçaram na margem do rio, precisamente no sítio onde as águas se despenhavam do alto da rocha, dando forma a uma cortina líquida, violenta, vaporosa, coroada de bolhas de espuma.

— Venham, venham!

Pensaram que o homem queria que saltassem para o rio. Afinal encaminhou-os para as dobras rochosas.

— Façam o mesmo que eu. E cuidado, muito cuidado!

Aproximou-se da cascata, amparou-se às paredes de pedra, abriu o guarda-chuva, furou as águas e desapareceu-lhes da vista. Teria sido arrastado pela corrente?

Felizmente não, pois voltou a chamá-los:

— Atravessem a cascata sem medo! Aqui há um bom esconderijo!

A voz, alterada pelo fragor daquele duche com que a Natureza enfeitava o bosque, parecia-lhes mais rouca, mais doce e sobretudo mais convidativa.

— Venham! Venham!

Pouco se importando com o banho forçado, apressaram-se a entrar na bendita cachoeira que lhes proporcionaria refúgio. Do lado de lá depararam com uma plataforma de pedra e, oh maravilha!, a entrada para uma gruta.

— Aqui não nos encontram! — declarou o homem triunfante. — Esta gruta era o meu último recurso. Se a polícia desconfiasse que eu estava na Casa da Lagoa, ia para a cabana, se descobrissem o meu rasto até à cabana, vinha para aqui. E então adeus rasto, porque a água é a melhor barreira para o faro dos cães.

Protegido pelo chapéu-de-chuva, com as calças e os pés ensopados, sorria a si próprio.

— Não sou parvo! Sei tratar da minha vida!

— E agora vai ter de tratar também da nossa — respondeu-lhe o Pedro que, tal como os outros, se encontrava numa sopa.
— Você sabe quem eram aqueles encapuçados?

— Não faço a mínima ideia.

— Mas com certeza vinham atrás de si e nós íamos apanhar por tabela.

— Só tenho a polícia atrás de mim por causa do tal roubo que não fiz. Ora a polícia não costuma aparecer de cara tapada e começar logo aos tiros.

— Então quem serão? — perguntou o Chico.

— Sejam lá quem forem, parece-me que vêm aí — disse o João com voz sumida.

Faial também captara primeiro uma restolhada ao longe, depois vozes ainda distantes e rosnava.

— Quieto, *Faial*! Calado, *Faial*!

Pelo sim, pelo não, as gémeas pegaram no *Caracol*. Luísa apertou-o ao peito e tapou-lhe a boca:

— Não ladres! Pschiu!

Glória já se escapulira para o fundo da gruta e fez-lhes um aceno.

— Aqui há uma passagem!

O homem confirmou:

— Pois há. Não sei onde vai dar porque só cá vim sozinho e tinha medo de ficar entalado nalguma fenda, mas como somos muitos não há problema e podemos procurar outra saída.

— Boa! Eu ilumino o caminho — disse o Chico, enfiando-se pela rocha dentro de lanterna em punho. — É um túnel...

O túnel ia dar a outra gruta com ligação a mais túneis e a mais grutas, umas pequenas, outras grandes, umas com aberturas e correntes de ar, outras autênticos becos abafadíssimos. A lanterna que o Chico tivera a feliz ideia de arrancar do prego assegurava alguma iluminação, mas insuficiente para identificarem com segurança o tipo de espaço em que se deslocavam.

— Não se afastem, temos que continuar juntos.

— E cuidado porque já escorreguei em limos pegajosos!

A excursão tresloucada por dentro da rocha em busca de uma saída estava a tornar-se cada vez mais difícil. A certa altura ouviram gorgulhar a água por baixo dos pés, Chico fez incidir o foco no chão e ficou estarrecido ao ver um buraco redondo, um autêntico poço que seria fatal se alguém caísse lá dentro, pois só parava no rio.

— Que ratoeira! Isto é perigosíssimo!

Iluminou e voltou a iluminar o maldito poço, os outros estremeceram, arrepiados.

— Devíamos voltar para trás — balbuciou a Glória.

— E levar um tiro?

— Talvez os tipos já tenham ido embora — arriscou a Luísa.

— Talvez. Calem-se e tentem ouvir o que se passa lá fora.

Em silêncio e de ouvido à escuta, nada mais captaram para além do gorgolejar do rio por baixo dos pés e da cascata precipitando-se do alto da rocha na sua eterna dança rumorejante.

— É melhor continuarmos — disse o Pedro. — Com tanta gruta, tanto recanto, há de haver maneira de nos safarmos.

O Chico quis certificar-se de que estavam ali todos e começou a fazer a chamada, iluminando a cara de quem lhe respondia:

— Teresa, Luísa, João, Pedro, Glória...

Ela arregalou os extraordinários olhos azuis e o Chico desviou o foco em busca do estranho homenzinho que os conduzia sempre apoiado no guarda-chuva.

— Como é que você se chama?

— Zé Cabeça.

O apelido levou o Chico a passear-lhe a luz pelos cabelos num gesto automático e logo soltou uma exclamação abafada.

— Ah...

— Que foi?

— Olhem!

Na parede por trás dele, uma espiral obviamente gravada por mão humana e que terminava em seta, apontava para cima, para um nicho de bom tamanho. Seria a desejada passagem para o exterior que alguém que por ali andara em tempos tivesse resolvido assinalar?

João, que estava mais perto, encavalitou--se imediatamente nos ombros do Pedro e espreitou lá para dentro. Como não viu nada pediu que lhe passassem a lanterna. Quando alumiou o buraco, virou-se para trás de tal forma esgazeado que os amigos recearam ser aquele nicho uma toca de animalejo pouco recomendável. Além de tudo o mais, teriam de se defender de picadas venenosas ou coisa parecida?

— O que é que está aí?
— A... gatos!
— Selvagens?
— Não! Eu já mostro. Ó Pedro, empurra--me mais para cima para eu tirar um.

Pedro esticou-se, empurrou-o, no minuto seguinte o foco iluminava a pequena estatueta de um gato dourado.

— As peças do inglês! — exclamaram em coro. — Afinal escondeu-as aqui!
— Há mais?
— Há. Estão num saco de rede. Vou tirá--lo.

Em pé em cima dos ombros do Pedro, enfiou-se no nicho até à cintura e retirou uma rede de pesca que continha várias peças douradas. Assombrados, recolheram-nas uma a uma. Todas lindas, todas diferentes. Havia mais um gato, três colares espampanantes, um pássaro e uma pulseira em forma de cobra. A rebrilharem no escuro, criavam uma atmosfera irreal que dava a sensação de tudo aquilo não passar de sonho. Sonho coletivo e estranhíssimo que os transportara ao interior de um bruto maciço de rocha envolvido pela turbulenta e barulhenta queda de água que lhes ecoava nos ouvidos e lhes baralhava o cérebro a ponto de os impedir de raciocinar.

— Ouro — balbuciou o Pedro. — Só ouro resiste tanto tempo à humidade sem perder o brilho.

— Será disto que os encapuçados andam à procura?

— Deve ser.

— Mas porquê atrás de nós?

— Sei lá! E agora também não interessa, temos é de nos pirar daqui para fora o mais depressa possível.

Zé Cabeça alheara-se por um instante e remexia nas peças como se estivesse hipnotizado.

— Quem diria! E eu tão perto! Eu que nunca desconfiei!

Abandonara o precioso guarda-chuva para enfiar no braço a pulseira em forma de cobra e afagava-lhe a língua bífida com cara de parvo.

— Nunca desconfiei! Se eu tivesse adivinhado!

Chico abanou-o pelos ombros.

— Vamos embora! Você tem de arranjar maneira de nos tirar daqui!

— Sim, sim, claro! Mas levamos estas coisas connosco.

— Dividem-se — propôs o Pedro, que deitou mão ao pássaro para o guardar no bolso. — Vocês as três ponham os colares ao pescoço.

— No meu bolso não cabe nada — disse o Chico. — Leva tu os gatos, João.

— Também não cabem nos bolsos, mas eu dou um jeito.

Entalou-os na cintura e esfregou as mãos de contente.

— Transformei-me num cofre ambulante!

— E agora toca a ambular!

Zé Cabeça pestanejou, tateou em volta, de súbito foi atraído por um reflexo de luar que se introduzira através de uma fenda mais adiante.

— Parece-me que além há uma abertura.

Avançou de olhos postos no teto, passou à gruta vizinha de nariz no ar, de repente sentiu faltar-lhe o chão debaixo dos pés e desapareceu engolido por outro poço natural. O berro que lhe saiu da garganta ecoou pelas paredes de rocha e foi-se desvanecendo ao ritmo da queda a pique em direção ao rio.

— Aiiii!

A queda terminou com um gigantesco «ploff». Zé Cabeça só não se esborrachou devido à profundidade das águas. Quando veio à tona ainda tentou nadar, mas não conseguiu porque a corrente, demasiado forte, o arrastou em direção à margem, onde os encapuçados se encontravam.

A surpresa não os impediu de lhe deitarem a mão, pescaram-no já entre gargalhadas e ao darem com os olhos na pulseira exultaram.

— Ora aí está o que procurávamos!

— Que maneira original de começar a entrega!

Patrícia retirou-lhe a pulseira e enfiou-a no seu próprio braço, desvanecida.

— É linda!

— E vale uma fortuna — atalhou logo uma das irmãs. — Ó chefe, faça-o cantar depressa para deitarmos mão às outras peças e arrumarmos este assunto de vez.

Pobre Zé! Aflito, dorido, a tentar libertar-se do líquido acumulado no estômago, cambaleara sobre a erva e estatelou-se ainda aos vómitos.

— Ou nos dizes já onde é a entrada para o esconderijo do inglês ou levas um tiro!

Incapaz de articular palavra, despejou mais umas golfadas no chão emitindo em simultâneo ruídos cavos.

— Ou falas ou levas um tiro!

Capítulo **15**

Pânico

Além de safanões e pontapés, o encapuçado apontou-lhe a pistola ao coração, de modo que mal se recompôs não teve outro remédio senão indicar-lhes o caminho.

— Atravessem a cascata — murmurou num fio de voz. — Há uma entrada para as grutas...

— E que mais?

— Grutas e túneis, túneis e grutas, o ouro está para lá, não sei bem aonde.

Os outros encapuçados ainda o sacudiram na esperança de lhe arrancar mais informações. Quando perceberam que realmente não sabia explicar mais nada desistiram e agrediram-no com tanta força na cabeça que ele desmaiou.

— Tão cedo não acorda — disse um.

— Em todo o caso era melhor amarrá-lo, mas não temos corda.

— Eu tenho um cinto que dá perfeitamente.

Num ápice, ataram-lhe as mãos atrás das costas com nós fortíssimos. Depois retiraram-lhe sapatos e meias, que atiraram ao rio.

— Assim, mesmo que acorde e tente andar, fica logo com os pés em ferida.

— E gritar não pode, porque vou amordaçá-lo. Quando aparecer alguém que lhe valha, já havemos de estar a milhas.

☆☆☆

Entretanto, nas grutas tinha-se gerado o pânico. Convencidos de que Zé Cabeça morrera na queda e completamente desnorteados dentro daquele pavoroso labirinto, puseram-se a andar à toa, sempre em fila, atrás do Chico que, depois do desastre, só apontava a luz para o chão, o que teve como consequência darem várias cabeçadas em espigões de pedra. Obcecados com o desejo de sair dali não se queixaram das dores até Glória soltar um gemido.

— Hum... acho que parti a cabeça!

Esfregava o cocoruto e sentiu a humidade viscosa do sangue, mas dominou-se.

— Não faz mal, não faz mal! É um golpe pouco profundo, continuem!

Entre ela e as gémeas caminhava o *Faial*, que João levava bem preso pela coleira. Quanto ao *Caracol*, gania nos braços da Luísa. Pedro seguia em último, a proteger a retaguarda. Nenhum deles saberia dizer quanto tempo andaram às voltas de gruta em gruta, de túnel em túnel, e também não tinham coragem para confessar que receavam estar perdidos, que receavam nunca mais encontrar nem o caminho de volta nem outra saída.

— A pilha da lanterna está a falhar — informou o Chico, num tom propositadamente neutro. — Talvez seja melhor sentarmo-nos à espera que nasça o dia.

— E aqui dentro há dia?

— Dia, não, Luísa. Mas há de entrar alguma claridade pelas frestas.

A ideia não era má. Sem alternativa resolveram instalar-se numa gruta maiorzinha. Ainda não se tinham acomodado quando ouviram vozes.

— Os encapuçados! — exclamou o João.
— Descobriram a entrada, vêm atrás de nós!

Num mesmo impulso de terror, ergueram-se e fugiram, embrenhando-se estupidamente pelas galerias e recantos mais escuros, cada um para seu lado.

— Teresa, Teresa — gritou a Luísa quando percebeu que estava sozinha. — Onde é que te meteste?

A irmã ouviu-a, mas como não percebeu de onde vinha a voz, precipitou-se para um beco e tropeçou na Glória, que tiritava encolhida no chão. No embate magoaram-se ambas e soltaram guinchos a que um dos encapuçados lhe respondeu:

— Já percebemos que estão cá dentro e não escapam!

— Nem tentem! Lembrem-se de que temos uma arma pronta a disparar...

A primeira voz soara feminina, mas a segunda era de certeza masculina e, como o homem atravessava uma das cavernas que fazia eco, as palavras terríveis repetiram a ameaça tenebrosa: «disparar... parar...ar...».

Ora fora precisamente o receio de tiros que levara João a arrastar o *Faial* através do túnel que os conduzira a um recanto oval onde a água escorria pelas paredes. Ali se refugiaram, ali lhe ordenou de novo:

— Quieto! Não ladres!

Habituado a obedecer, o cão imobilizou-se de boca fechada. João encolheu-se junto dele, repetindo-lhe ao ouvido:

— Pschiu! Caluda!

Noutra zona, Pedro tentava orientar-se no escuro à procura da Luísa, que supunha continuar sozinha. De vez em quando chamava-a em voz baixa:

— Luísa! Luísa! Onde estás?

Quando menos esperava, esbarrou num corpo em movimento, julgou que era ela e abraçou-a. Ao apertá-la de encontro a si pareceu-lhe enorme e empurrou-a, mas não pode afastá-la por ter duas mãos ossudas cravadas nas costas. Mãos de uma criatura que não perdeu tempo a anunciar bem alto:

— Apanhei um! Já apanhei um!

Pedro esbracejava sem conseguir libertar-se:

— Largue-me! Deixe-me!

— Largo-te quando chamares para aqui os teus amiguinhos!

Se não estivesse atarantado e incapaz de raciocinar teria reconhecido a voz e iniciado um diálogo que provavelmente resolvia a situação. Mas assim, com o pensamento esmagado pelo susto e o corpo esmagado por aqueles braços vigorosos, nada mais fez senão debater-se ao acaso, joelhada aqui, cotovelada ali, e ela a grunhir sem o largar. Pedro percebeu que não era o único envolvido em pancadaria às cegas, porque de grutas diferentes lhe chegavam vozes, gritos, o som próprio de quem anda ao murro e à estalada. Talvez como ele, sem saber com quem, ou talvez sem querer esmurrando um amigo, conforme aconteceu à Luísa que no escuro esbarrou com a Glória e deu-lhe um estaladão.

Por uma vez na vida, Chico resolvera trocar pancadaria da grossa por uma armadilha. Usou a pouca luz que lhe restava na lanterna para procurar o poço que engolira Zé Cabeça, plantou-se ao lado, de luz apagada e ficou à espreita na intenção de fazer cair lá dentro os atacantes. Mas de olhos bem abertos, com medo de por engano precipitar um dos amigos no abismo. A água cantava-lhe debaixo dos pés e dentro dos ouvidos, o coração disparou a galope quando detetou a aproximação de um vulto que caminhava às apalpadelas. Para o identificar, apontou-lhe a lanterna que acendeu e apagou num *flash* super-rápido. Quem lá vinha era o encapuçado da pistola que também o viu e logo se vangloriou:

— Ah! Ah! Também já apanhei um...

Chico permaneceu estático, de lanterna apagada, e atraiu-o simulando o típico ataque de tosse de quem sufoca de susto:

— Cof...of...of...

Certo e seguro de que se ia abater sobre uma presa aterrorizada e fácil de capturar, o homem avançou pronto a encostar-lhe o cano da pistola ao peito e a arrebatar-lhe a lanterna, mas não pôde executar o plano porque sentiu faltar-lhe o chão debaixo dos pés e desapareceu pelo mesmo poço natural que sugara Zé Cabeça, soltando os mesmos urros de aflição igualmente amortecidos ao ritmo da queda:

— Uiii!...

Capítulo **16**

Dentro e fora das grutas

Dentro da rocha todos perceberam imediatamente que alguém tinha caído ao rio, todos recearam que fosse um dos seus, por isso o pânico redobrou, a gritaria triplicou, e cruzaram-se chamamentos de tal forma ansiosos e atabalhoados que ninguém se entendia. Com o eco a complicar, nem as palavras tomavam forma: «esa...esa...isa...isa...ão...ão».

Os cães ladravam num desvario, sem perceber por que motivo os donos se tinham enfiado naquele tugúrio e não os largavam. No meio da confusão, as brigas cessaram e deram lugar à procura ansiosa dos companheiros. Conforme geralmente acontece, o transtorno mental resultou em descuido.

— Atenção aos buracos, atenção aos poços! — bradava o Chico já rouco. — Eu estou aqui!

Sacudia a lanterna a ver se recuperava ao menos um fiozinho de luz, mas a pilha apagara-se de vez.

— Cuidado! Olhem para o sítio onde põem os pés!

A desejada claridade das primeiras horas da manhã insinuava-se finalmente através das frestas, frinchas e aberturas mínimas que perfuravam o maciço rochoso. Chico julgou detetar a aproximação de um outro vulto mas esfregou os olhos para ter a certeza de que não era ilusão. Quando ergueu as pálpebras ia morrendo pois quem lá vinha era a Luísa, o *Caracol* acabava de lhe saltar dos braços e corria ao seu encontro. Para o salvar da queda fatal, atirou a lanterna ao poço e saltou-lhe por cima, abatendo-se sobre o cão e provocando nos que vinham atrás o efeito «castelo de cartas». Luísa caiu desamparada sobre o corpo seguinte, que também se estatelara ao comprido. Latidos, guinchos e gemidos não desnortearam o Chico.

— Calma! Calma!

Ajudou a Luísa a levantar-se sem nunca largar o *Caracol*, depois estendeu a mão pensando que ia erguer a Teresa ou a

Glória, mas, apesar da luz ténue, viu que se tratava de um dos encapuçados, e não esteve com meias medidas, arrancou-lhe o carapuço. Então, qual bomba inesperada, explodiu-lhe diante dos olhos a grossa e rija cabeleira pintada de cor de laranja.

— Laranjona? — exclamou atónito.

Ela reagiu pregando-lhe um estalo e reclamando:

— Não admito que me chames nomes!

O absurdo da cena provocou um ataque de riso nervoso e convulsivo na Luísa, que depressa se multiplicou porque a irmã surgiu do outro lado do poço e já ria também até às lágrimas. Pouco depois chegava o João pelo mesmo caminho, com o *Faial* bem seguro pela coleira.

«Falta o Pedro», pensou o Chico com um terrível aperto no estômago. «Faltam o Pedro e a Glória.»

A ideia de que talvez houvesse mais poços suficientemente largos para terem engolido um deles ou ambos fê-lo ver tudo a andar à roda e travou-lhe a língua. Por isso não comunicou aos amigos a tremenda suspeita e ainda bem, já estavam todos bem servidos de aflições, escusavam-se as inúteis. Glória apareceu poucos minutos depois. Avançava devagar, amparando-se à rocha, e de tal forma arregalada que os seus espantosos olhos azuis brilhavam muito mais do que o colar de ouro que trazia ao pescoço. Do lado oposto vinha o Pedro, acompanhado por duas figuras ainda encapuçadas mas que só podiam ser as companheiras da Laranjona, as duas irmãs, as imbecis que se tinham armado em raparigas simpatiquíssimas e afinal apresentavam-se comandadas por um tipo de pistola em punho. Chico sentiu ganas de as esbofetear. Em vez disso, informou-as:

— Quem caiu ao rio foi o vosso chefe! Queria dar-nos um tiro, mas a esta hora está a fazer companhia aos peixes.

Elas tinham retirado as carapuças e olharam o grupo com uma expressão esquisita, difícil de interpretar. Teriam ficado em estado de choque devido à perda do amigo? O suspense manteve-se apenas até abrirem a boca:

— Passem para cá os colares! — disse uma.

— E as outras peças do inglês, porque sabemos que havia mais!

Uma delas chegou a estender a mão para o pescoço da Teresa mas teve de a retirar à pressa porque apanhou uma dentada do *Faial*.

— Calminha, meninas! Agora quem tem uma arma somos nós. Se se metem connosco, ficam a conhecer a força dos dentes do meu cão. Não é *Faial*?

«Rrrr...»

— Eu dou tudo o que quiserem se me tirarem daqui para fora!

— Não dás coisíssima nenhuma, Glória! Nem cá dentro nem lá fora. Mas vamos sair daqui.

— Por onde?

— Por onde entrámos. Já temos luz suficiente, e orientamo-nos pelo ruído da cascata. Eu vou à frente.

Pedro aprovou:

— Boa! Gémeas e Glória sigam com ele. As três ex-encapuçadas ficam entre mim e o João, que vem atrás com o *Faial*. Não vale a pena tentarem festinhas nem fazerem-se melosas porque ele obedece ao dono, cumpre qualquer ordem e é uma fera.

✩✩✩

«Dói-me a cabeça», pensava o Zé Cabeça, desesperado por não poder afagar a nuca mal tratada pelos bandidos. «Vou morrer aqui atado e amordaçado como um chouriço rançoso. Que mal é que eu fiz para merecer tal sorte?»

O amanhecer, que lhe parecera demasiado lento, agora incomodava-o porque o Sol ia-se impondo no céu com a força e o esplendor de um rei que toma lugar no trono a que tem direito.

— Vai ser um dia de calor infernal, vou morrer rançoso e assado.

Sem forças para tentar erguer-se, remexia os dedos dos pés nus e o contacto com a frescura das pedrinhas e das ervas da beira-rio proporcionava-lhe algum consolo. De vez em quando fechava os olhos e desafiava a imaginação a oferecer-lhe soluções maravilhosas que o livrassem de todos os perigos. As primeiras que lhe ocorreram tinham a ver com fantasiosas artes mágicas, mas pô-las de lado.

— O que eu queria mesmo é que aquela rapaziada tivesse dado uma surra na bandidagem que me atacou e aparecesse aí para me salvar. Ah! Se eu os visse agora mesmo a sair da cascata!

No mais profundo desânimo, ergueu as pálpebras e julgou que enlouquecera porque o seu desejo se tornara realidade.

«É uma alucinação!», pensou. «Estou a passar-me de vez!»

Queria levantar-se e o corpo não lhe obedecia, queria gritar e a voz não lhe saía:

— Devo estar a morrer! Se calhar já morri!

Esgazeado, não desfitava a imagem que lhe parecia boa demais para ser verdade. Mas era mesmo verdade. Vinham lá, acabavam de atravessar as águas e dirigiam-se para ao pé dele numa algazarra que, apesar de próxima, lhe parecia longínqua. E chamavam-no:

— Zé Cabeça! Zé Cabeça!

O primeiro a chegar perto foi o Chico, que não perdeu tempo e se precipitou a desamarrá-lo e a tirar-lhe a mordaça. Na sua cara bailava uma alegria imensa, triunfante.

— Ó Zé Cabeça! Ainda bem que não morreu!

— Se não fossem vocês — soluçou. — Ai o que seria de mim...

Saltaram-lhe as lágrimas e desatou a chorar e a justificar-se:

— Desculpem, eu sei que um homem não chora, mas isto foi demais, foi demais...

O grupo rodeara-o, numa atitude amistosa e protetora.

— Chore à vontade — disse a Glória com os olhos marejados de lágrimas.
— Chore, que eu faço-lhe companhia!

Pedro estendeu-lhe a mão para o ajudar a levantar-se.

— Deixem-se disso, já passou. E acabou tudo em bem.

— Para vocês — atalhou uma das irmãs em tom ácido. — Porque o nosso chefe morreu.

— Não morreu, não senhor — respondeu-lhe Zé Cabeça. — Caiu ao rio e foi arrastado na corrente.

— Como é que sabe?

— Porque vi. Tinha acabado de recuperar os sentidos, assisti à queda, ainda pensei que viesse parar à margem como eu vim, mas ele puxou umas braçadas e nadou para longe.

As três comparsas ficaram obviamente contentíssimas, mas preferiram não fazer comentários. João mantinha-se junto delas, pronto a atiçar-lhes o *Faial* se fosse preciso.

— O rio desagua na lagoa, não é? — perguntou a Luísa.

— Em parte. Lá mais adiante bifurca. Um braço alimenta a lagoa, outro continua, junta-se a outros rios e segue para o mar — explicou Zé Cabeça, já em pé e a remexer-se para evitar as pedras bicudas que o aleijavam.

A informação desencadeara olhares rápidos de entendimento entre as duas irmãs, que procuraram aproximar-se da margem num deslizar cauteloso. Patrícia, rebatizada pelo Chico de Laranjona, percebeu e quis chegar-se a elas mas fê-lo de forma precipitada e chamou a atenção do grupo:

— Alto aí! Quietinhas, hã?

— O melhor é irmos para casa — implorou a Glória que se sentia desfalecer de cansaço. — Por favor!

— Sim. E sem perda de tempo.

Pedro ia dar ordem de marcha, Zé Cabeça interrompeu-o:

— Não sei se vos posso acompanhar?

— Claro que pode!

— Mas como é que atravesso o bosque descalço? A meio do caminho fico com os pés em ferida e não me hei de poder mexer.

— Hum... só se viéssemos depois buscá--lo de canoa.

— Nem pensar! Não o deixamos aqui sozinho — declarou o Chico. — Vou improvisar uns sapatos!

— Como?

— Já vão ver.

Procurou folhas grossas para funcionarem como sola a atou-lhas aos pés com os atacadores que retirara dos seus próprios ténis. A operação foi rápida, enterneceu Zé Cabeça e divertiu os amigos. O pior é que também os distraiu. E as três «peças de fruta» aproveitaram. No momento que lhes pareceu oportuno, correram para a margem do rio.

— Apanha-as, *Faial*! — gritou o João. — Já!

O cão obedeceu prontamente, mas ele era só um e elas eram três. Enquanto derrubava a Patrícia, as duas irmãs atiraram-se à água e embalaram na força da corrente nadando com braçadas seguras, vigorosas e sincronizadas, de campeãs.

Patrícia largou num berreiro de revolta por a terem abandonado e de dor porque sangrava da bochecha do rabo onde *Faial* cravara os dentes.

— Bestas, grandes bestas! São umas bestas!

Capítulo 17

Remate inesperado

O pai da Glória tinha acabado de chegar à Casa da Lagoa e estacionara o carro convencido de que ia fazer uma grande surpresa à filha e aos amigos porque trazia caixas com vários tipos de *pizzas* para o almoço e uma mala térmica cheia de gelados. Afinal foi ele que ficou embasbacado quando viu a filha sair do bosque e entrar no jardim integrada na mais estapafúrdia procissão que incluía os amigos, todos sujos, desgrenhados, cheios de arranhões e de rasgões, escoltando um homenzinho de aspeto miserável e uma rapariçaça de explosiva cabeleira cor de laranja com a roupa manchada de sangue e lavada em lágrimas. Para completar o absurdo da cena, ela trazia no braço uma pulseira magnífica em forma de cobra, Glória e as gémeas colares de rara beleza ao pescoço, colares de ouro, a soltar faíscas quando lhes dava o sol. O assombro manteve-o imóvel, a contemplar o insólito espetáculo de boca aberta. Ainda não fechara a boca quando a filha o viu.

— Pai! Ó pai!

Correu para ele e caiu-lhe nos braços dando largas às emoções reprimidas que naquele momento se entrecruzavam com a alegria imensa de o ter ali e se traduziam num soluçar atravessado por gargalhadas despropositadas.

— Mas o que se passa? — perguntou abismado. — O que é que aconteceu?

— Não vai ser fácil explicar — disse o Pedro. — Nada fácil!

— Talvez queiram começar por me dizer quem são este homem e esta mulher que não conheço?

O grupo entreolhou-se, sem saber ao certo o que dizer. Pedro ainda gaguejou qualquer coisa, mas os próprios apresentaram-se.

— Eu sou um desgraçado — afirmou Zé Cabeça. — O mais infeliz entre os infelizes.

— Nesse caso, eu sou a mais estúpida entre as estúpidas — declarou a Patrícia fitando-o olhos nos olhos com uma expressão de cachorro a pedir carinho. — Nunca deve ter existido à superfície da terra uma mulher mais estúpida do que eu!

As lágrimas rolavam-lhe pela face e a tristeza ficava-lhe tão bem que parecia ainda mais bonita. Impressionado, o pai da Glória propôs que continuassem a conversa em casa.

— E como devem estar a precisar de reforços, levamos as *pizzas*.

— Trouxe *pizzas*, pai?

— Sim. E gelados. Estão na mala do carro.

— Que bom!

— Bom, não, ótimo. Estou a morrer de fome.

— A mim, até me dói o estômago!

Pouco depois, à volta da mesa da cozinha, atiravam-se às fatias de *pizza* como se não comessem há dias sem fim. Falando mesmo de boca cheia, tentavam fazer o relato dos acontecimentos mas cada um puxava factos diferentes, nada fazia sentido.

— Lembra-se da mensagem no espelho? A maldição?

— Fui eu que a escrevi.
— Você? Mas porquê?
— Por causa do crime...
— Que ele não cometeu. Está inocente.
— Mau. Assim não percebo patavina.
— São duas histórias, pai.
— Mas têm um elo de ligação, o inglês que roubou as peças no Egito.
— E até trouxe uma múmia, sabe?
— Esperem lá, vocês estão a gozar comigo, ou quê?
— Quê — ripostou a Glória pegando na frase conforme devia ser habitual entre ambos, pois ambos sorriram, cúmplices.

A única que não comia nem falava era a Patrícia. O pai da Glória ofereceu-lhe uma fatia, ela recusou e pediu, compondo aquela cara de tristinha:

— Eu precisava era de tomar um banho!
— Com certeza — disse ele. — A casa de banho é lá em cima, tem sabonete e champô à disposição. Eu mostro-lhe o caminho.

Levantou-se, conduziu-a ao andar de cima e, como as roupas da Glória e das gémeas não lhe serviriam, emprestou-lhe o seu roupão, um roupão novo, de pano turco azul-escuro, de ótima qualidade.

— Pode vestir isto, vai ver que se sente confortável.

— Obrigada, obrigada!

A derreter-se de gratidão, pregou-lhe uma beijoca na cara antes de se enfiar na casa de banho e fechar a porta.

Quando voltou à cozinha, Glória reconheceu no pai a expressão de «paixonite instantânea» e sussurrou às gémeas:

— Eu não vos disse que ele não resiste a uma mulher bonita?

— Então previne-o de que esta faz parte de um gangue...

— De que é que estão a falar? — perguntou ele servindo-se de gelado com ar bem-disposto.

Vendo-as atrapalhadas, Pedro tomou a palavra.

— Deixe-me explicar tudo desde o princípio, está bem?

— *O.K.* Sou todo ouvidos.

Como sempre, Pedro fez um relato simples, claro e tão bem estruturado que ninguém o interrompeu. À medida que a história avançava, o pai da Glória pasmava e então, quando ouviu falar dos perigos que tinham corrido dentro das rochas, ficou lívido, abraçou a filha pelos ombros e puxou-a para si.

— Que horror! Nem tenho palavras para dizer o que sinto!

O ruído do duche no andar de cima cessara entretanto, Chico pôs-se à escuta e lembrou:

— Ela é bem capaz de fugir pela janela!

— Hum, não creio. Se se atirar lá de cima, no mínimo parte uma perna.

Em todo o caso ficaram todos divididos, a acompanhar o relato do Pedro com um ouvido e os sons no andar de cima com o outro.

— E foi assim — concluiu o Pedro. — Já lhe disse tudo o que aconteceu e tudo o que sabemos acerca deste homem. Por mim, acredito que está inocente.

— Eu também acredito, porque se tivesse roubado uma data de massa não vinha esconder-se neste fim do mundo a viver na miséria. A minha filha prometeu que eu lhe arranjava um advogado, não foi? Pois se ela prometeu, está prometido. Vou tratar do assunto.

Nesse momento Patrícia entrou na cozinha. Alta, elegante, aconchegada no estupendo roupão azul-escuro e de cabeleira cor de laranja ainda húmida e solta sobre os ombros, não se podia negar que era uma linda mulher. Trazia consigo a pulseira em forma de cobra e pousou-a em cima da mesa. Depois sentou-se e começou a falar olhando sempre e só para o pai da Glória.

— A esta hora você já sabe quase tudo, não é? Mas faltam pormenores que eles desconhecem e que faço questão de expor antes de chamarem a polícia. Posso?

— À vontade.

— Então é assim: aquelas duas irmãs fazem parte de uma quadrilha especializada em roubo de ourivesarias. Têm um chefe, a quem chamam sempre chefe, por isso não sei o nome dele. Só entra em cena na altura dos roubos, usa arma e não hesita em disparar. Já limparam várias ourivesarias, creio que também fizeram assaltos em estações de serviço de autoestradas a meio da noite e até, se não me engano, a um banco.

— E você resolveu aderir à quadrilha?

— Resolvi e não resolvi — respondeu, baixando os olhos com um encolher de ombros. — Esta foi a primeira vez que participei e estou arrependida, muito arrependida.

Voltou a fixar o pai da Glória, limpou uma lágrima minúscula e continuou:

— As duas irmãs arranjam trabalho temporário em centros comerciais ou em lojas de ruas onde há ourivesarias e bancos para ficarem a saber quais são os melhores dias e as melhores horas para os assaltos. Têm muita experiência, são muito espertas.

— E nadam lindamente — lembrou o Chico.

— Pois nadam. Também correm, saltam, fazem todo o tipo de ginástica para se manterem em forma quando é preciso. Conheci-as num ginásio. Passámos a tomar café juntas, elas a pouco e pouco foram-me revelando as atividades a que se dedicavam e desafiaram-me a alinhar neste esquema do assalto à Casa da Lagoa para procurarmos as peças roubadas pelo inglês que nunca ninguém encontrou.

— E como é que elas souberam disso?

— Não sei. Foi o chefe que as informou. E convenceu-se de que seria canja, por se tratar de uma casa abandonada. Afinal, quando chegámos e fomos à aldeia perguntar onde era, ficámos a saber que tinha sido vendida.

— E fizeram uma fita de primeira!

— De primeira, de segunda, ou de terceira, como quiseres. Confesso que me sinto envergonhadíssima, mas na altura fiquei contente por vos ter endrominado. À noite as duas irmãs voltaram cá a fingir que procuravam um brinco, lembram-se?

— Então não havíamos de lembrar! Era antiquado, mas espampanante!

— Pois. Elas só roubam o que há de melhor e mais caro. São gananciosas sem limites. Aquele brinco é produto do último assalto. Traziam-no no bolso e atraíram-vos à sala, não foi? Enquanto isso eu introduzi-me na saleta e roubei a máscara grega.

— Porquê, se é de gesso?

— De gesso por fora e de ouro por dentro.

— Como é que sabes?

— Sei, porque desconfiámos logo que a vimos pendurada na saleta. Ora pensem lá um bocadinho. Se o inglês roubou peças nas escavações da Grécia e do Egito, não seria normal que quisesse ficar pelo menos com uma em casa, bem à mostra? E qual seria a melhor maneira de a disfarçar?

— Forrá-la de gesso?

— Exato. Por isso armámos aquela treta do brinco perdido. Eu roubei a máscara e fugi pela porta da cozinha.
— Para onde?
— Para o meu carro, que deixei escondido no bosque. O chefe tinha dado ordens pelo telefone, não queria que vos perdêssemos de vista, compreendem?
— Porquê?
— Porque calculava que fossem bisbilhotar e, na opinião dele, a malta nova tem habilidade especial ou natural para desencantar elementos que passam despercebidos aos adultos. Quando lhe dissemos que estava cá um grupo de rapazes e raparigas com ar despachado, mandou-nos ficar alerta e as parceiras do crime concordaram. A Alda até disse uma coisa engraçada: «se houver uma pista para o esconderijo do inglês, estes tipos vão encontrá-la. Pode ser um papelucho no fundo de uma gaveta, um mapa disfarçado de desenho infantil ou uma série de números espalhados em cadernos velhos a que ninguém liga importância, mas eles ligam. Se for pista, hão de segui-la e explorá-la e deitam mão àquilo que até agora escapou a toda a gente».

Calou-se e o grupo cruzou miradas rápidas antes de baixar os olhos para ocultar o orgulho que sentiam por serem tão valorizados e também para combaterem a simpatia, que mesmo sem eles quererem, tentava sair-lhes do peito com destino à perturbante figura que agitava com elegância a magnífica cabeleira cor de laranja.

«Raio de mulher!», pensava o Chico, «sabe dar a volta a qualquer um!»

«Não há quem lhe resista», pensava o Pedro.

«Cá para mim é uma aldrabona», pensava a Luísa. «Se calhar faz parte da quadrilha há imenso tempo e pode perfeitamente ser a mulher do chefe. Só que teve azar e foi apanhada.»

«Quer safar-se», pensava o João.

— Bom — disse a Glória —, já estamos esclarecidos quanto à história do brinco e já sabemos que se esconderam no seu carro a vigiar-nos. Agora explique o que fizeram para verificar que a máscara é de ouro por dentro.

— Nada mais fácil. Raspámos uma tira no gesso e pronto! Quem está habituado a assaltar ourivesarias conhece o brilho do ouro à distância. Bastou uma nesga para aquelas malditas irmãs desatarem a festejar com grandes palmadas nas costas.

— E depois?

— Depois cumprimos ordens e continuámos no carro, à espreita. Estávamos quase a dormir quando vimos que vocês se tinham embrenhado no bosque. Sendo tardíssimo para um passeio, concluímos que tinham desencantado o tal mapa ou qualquer tipo de pista e iam explorá-la para deitarem a mão às peças. Fomos atrás, o resto já vocês sabem.

Terminou o relato com uma chuva de lágrimas que tanto podiam ser reais como forçadas.

— Fui uma estúpida! Estou tão arrependida! Nunca me devia ter metido nisto. Às vezes as pessoas agem sem pensar e quando se arrependem é tarde demais.

Ninguém sabia o que dizer, o pai da Glória tomou a iniciativa.

— Vou consigo ao carro buscar a máscara.

— Está bem, está bem, com certeza.

Exaustos depois daquela noite louca e espapaçados com o estômago a rebentar de massa, queijo, tomate e gelado, mantiveram-

-se em silêncio enquanto esperavam. Zé Cabeça até passou pelas brasas encostado à parede, só despertou quando o par, de regresso, pôs a máscara grega em cima da mesa. O pai da Glória pegou numa faca afiada e alargou a raspadela até deixar à vista uma tira considerável do ouro oculto pelo gesso.

— Está aqui uma fortuna — comentou, alinhando a máscara, a pulseira, os colares e os dois gatos que João transportara nas calças. — Que fortuna!

— Pena o pássaro — lamentou o Pedro. — Havia um pássaro que enfiei no bolso mas caiu sem eu dar por isso. Ficou para trás, lá nas grutas.

— Pois que fique — disse logo a Glória. — Não contem comigo para o ir procurar!

— Mas se alguém resolver ir, também lá ficou o guarda-chuva.

A exclamação desencadeou grande risota.

— Ó Zé Cabeça, só mesmo a sua cabeça se lembraria agora do velho guarda-chuva!

— Você é um caso — disse o pai da Glória. — Trágico por fora e cómico por dentro!

Levantou-se, espreguiçou-se e anunciou:

— Vou telefonar.

— À polícia, pai?

— Não. Primeiro vou telefonar a um advogado meu amigo e pedir-lhe que venha cá ter. Preciso que alguém me diga a quem pertencem estas peças, se têm que ser devolvidas ou podem ficar para mim. Além disso quero pedir-lhe que trate da defesa aqui do amigo Zé Cabeça. E já agora, porque não? Que considere a hipótese de defender a Patrícia. Se os piores malandros se safaram, não seria justo que fosse ela a única a pagar por um crime que afinal também não chegou a cometer.

Perante os olhares desconcertados da filha e dos amigos apontou a pulseira e a máscara.

— Vendo bem, não roubou nada e está arrependida. Vamos ouvir a opinião do advogado. Mas mudando de assunto. Se não houver a quem devolver as peças roubadas pelo inglês e se a lei disser que me pertencem por terem sido encontradas na minha propriedade, vocês recebem a recompensa que merecem.

— A cascata faz parte da propriedade?

— Creio que sim. É preciso esclarecer isso. De qualquer forma, a máscara de teatro grego estava cá em casa, na casa que eu comprei, por isso deve ser minha.

— E a múmia também.

— Quanto à múmia, dispenso. Algum de vocês a quer?

— Não! — responderam todos num coro bem-disposto. — Não!

— Pensando bem — reconsiderou o pai da Glória. — Se a múmia me pertencer, talvez fique com ela para afugentar a ladroagem da Casa da Lagoa.

— Afugentar ou atrair, pai?

— Que engraçadinha, Glória!

Puxou-a pelo queixo, deu-lhe um beijo carinhoso na testa e gabou-a.

— Estás muito mais divertida, filha. Este grupo fez-te bem. Tornou-te mais corajosa, mais aventureira, mais descontraída. Podes convidá-los sempre que quiseres para fins de semana e férias na Casa da Lagoa. Espero que eles aceitem e apareçam. Fiquei a gostar de todos!

Os olhos da Patrícia, semelhantes aos de um cão fiel, pareciam perguntar, «e de mim? Também gosta?».

Mas para essa pergunta não houve resposta.

Clube CAMINHO fantástico

Inscreve-te

Se quiseres ser sócio do Clube Caminho Fantástico,
receber 2 mensagens semanais e participar
em desafios inscreve-te enviando os teus dados
completos (nome, morada, data de nascimento
e endereço de e-mail) para:
fantastico@caminho.leya.com
e consulta as mensagens do clube no site:
www.caminho.leya.com

Para saber mais sobre as autoras
e o ilustrador de Uma Aventura podes consultar
o site **www.uma-aventura.pt** ou seguir
as novidades através do Facebook.
Uma Aventura e **Ana Maria Magalhães** e **Isabel Alçada**.

Para convidar as escritoras para visitas a escolas,
os professores deverão enviar um e-mail para
encontrosdeautor@leya.com ou solicitar informações
através do número de telefone 214 27 22 00
ou pelo correio para: Caminho – Leya
Rua Cidade de Córdova, n.º 2 – 2610-038 Alfragide